兵一郎

黒田長政

人物文庫

学陽書房

目次

黒田長政

竹中半兵衛

関ヶ原合戦後の慶長五年（一六〇〇）十月、筑前一国五十二万三千石を与えられて、福岡城主となった黒田甲斐守長政も、松寿丸と呼ばれていた二十二年前の十歳のとき、

「斬ってしまえ」

と織田信長から宣告され、小さな生命が風前の灯のような危機にさらされたことがあった。

黒田家は近江源氏、京極佐々木氏の流れで、歴代湖北に住んでいたが、高政の代に十代足利将軍義稙《よしたね》の怒りを買って本国を去り、備前国邑久郡福岡郷に移り住んだ。

高政の子の重隆、孫の満隆（職隆《もとたか》）の時代に財をなし、使用人が二百人をこえる豪族になった。

そして播州の御着城主で守護職である小寺家に仕え、満隆の子孝高《よしたか》の代には、城代として姫路城を預かる家老の一人に出世していた。

この官兵衛孝高《よしたか》（のちの如水）が本編の主人公長政の父親で、

「おれは、天下無双の博奕《ばくち》の名人だ」

と自称するような智略に長じた人物であった。

天正三年（一五七五）小寺家の当主政職《まさもと》が、家臣を集めて、

「只今の天下の形勢を見るに、最も勢いの良いのは、織田、毛利、三好の三家である。いずれ天下は、この三家のうちの一家の手に落ちるであろうが、わが小寺家はいずれに所属するが得策と思うか、皆々所存のほどを包まずにいうてくれい」

と意見をきいたとき、

「それは織田信長でござります」

即座に答えたのは、黒田官兵衛だった。

その理由は？　と重ねてきかれて、

「三好の勢いはすでに盛りをすぎて過去のものとなりつつある上に、主君たる足利将軍家を二方も弑《しい》しております。天の憎みもおそるべく、人々も寄りつきませぬ。毛利はその分国も大きく、吉川元春、小早川隆景などのすぐれた一族が羽翼となってもおりますが、元就の死後は保守をこととしており、当主輝元は英雄の器ではござりませぬ。ところが織田は家柄もよろしからぬうえに、わずか尾張半国の主から起こり立ったのではござるが、稀代の英傑であるばかりでなく、すでに京都を手に入れ、天子の威をかりて天下に号令をかけているのでござる。足利義昭を一旦将軍に立てながら、これを追い出したことは感心いたしませぬが、

これは義昭が将軍に擁立してもらった恩義を忘れて謀叛をくわだてたためで、織田の敵でないかぎり、世の人々は、織田のほうを道理といたしております。いずれ、名実共に天下人となるは織田に相違ございませぬ。織田家こそ将来主と仰ぐべきで、拙者の博奕にはずれはござりませぬ」

と言い切った。

主人政職はじめ、家臣たちはなかなか同意しない。

その年の五月、織田信長が長篠の設楽原《しだらがはら》で天下無敵の武田の騎馬軍団を打ち破ったとの噂が伝わってきた。

小寺家の人々も、なるほどと合点せざるを得ない。政職もその気になった。

官兵衛を使者として、信長に帰属を申しこむことになった。

この年七月、官兵衛は母里太兵衛、栗山善助の二人の家来を連れて近江に入り、まず湖北の長浜に城を新築したばかりの羽柴秀吉を訪れた。

「ようお訪ね下された。それがしにとっては、思いがけぬ珍客でござる」

秀吉は手をとらんばかりに喜び、

「中国にも人物は少なくないが、わけても姫路の目薬屋の息子どのは、将来有為《ゆうい》な人物と、近衛家の人ばかりでなく、摂津の荒木村重からも聞いておった。折りあらばお会いしたいと思うておったが、この長浜までお越し下さるとは……」

噂にきく猿面をほころばせて歓待した。

官兵衛の先祖が、姫路で「玲珠膏《れいしゅこう》」という目薬を売り出して、二百をこえる一族郎党を養う財をなしたことまで匂わしたことは、相手に対する親密さを現わす、秀吉一流の話術であった。

そばにひかえる、顔は青白いが、痩せた体に智力のあふれているような人物に、官兵衛が視線をとめると、

「こちらは竹中半兵衛重治。ご承知でもあろうが、美濃の菩提山の城主じゃ。いまは、この筑前の軍師であり、家中のひとりでもあるが、信長卿より羽柴家に付けおかれるという形になっており、いつ召し戻されるやらも知れぬて」

と紹介した。

翌日、秀吉は、みずから馬上の人となり、官兵衛主従と竹中半兵衛を伴い、岐阜城へ出かけて信長にひきあわせた。

密使という形なので、人眼をはばかり、狭い一室で、信長、官兵衛、秀吉の三人だけで会見した。

官兵衛は、ここぞとばかりに必死になって説いた。

「もしいま、一人の大将を下し給うて、中国征討の大事を実行遊ばすならば、東播磨の明石城、高砂城の梶原ごときは、毛利麾《き》下といわれても、眼前のご威風に平伏いたしましょう。

志方の城主櫛橋左京は、さいわいにもそれがしの家の姻戚、これは必ずお味方に引き入れます。ひとり三木城の別所長治は頑として降《くだ》りますまい。また西播磨では佐用城の福原、上月城の上月なども、別所長治とむすんで、毛利家へ忠節をつくすと考えられますが、それらの大小城のうち、最も要地を占める姫路には、かく申すそれがしがお味方を誓うておるのでございますから、それらの群敵は何かあらんでござります。もとより姫路一城は、そのために捧げる覚悟でござりますゆえ、中国政略の基地としてお用い下さるならば、即座に献上いたします」

信長は喜んで、

「そちの随身のしるしに」

と座右にあった「圧切《へしきり》」の名刀を与え、

「ひとまず、中国へ帰って予の命を待て。時いたれば、必ず沙汰するほどに――」

信長の言質《げんち》と、圧切の名刀をもらって、官兵衛は、播州へ帰った。

天正三年（一五七五）七月のことである。

秀吉が信長の命令で中国の毛利攻めの総大将となり、播州にのりこんできたのは、天正五年十月二十三日のことである。

官兵衛は、主人小寺政職の諒解を得て、姫路城を秀吉の本営に提供した。

秀吉は、同月中に、但馬、播州をあらかた平定して、いったん安土城へ帰った。

そのとき秀吉は、小寺政職に嫡子氏職を人質に出すように命じたが、官兵衛は、みずから進んで、当時十歳であった嫡子松寿丸（のちの長政）を人質に差し出すことを申し出た。氏職が病弱ゆえ——というのがその理由であった。

秀吉は、官兵衛の好意を喜んで受け、松寿丸と三名の家臣を連れて安土城へ引き揚げた。

天正四年正月に着工した安土城は、天守も竣工し、八楼十門をめぐる城下町も、新しい大都府としての偉容が、ぞくぞくと整えられていた。

松寿丸は、眼をまるくしていた。

御着城や姫路の小城とくらべると、少年の目にも安土城の豪壮と絢爛さは、ただおどろいて唾をのみこむばかりであった。

しかし、のちに五十二万石の福岡城の主になる少年だけあって、安土の群臣の前に出ても、信長に目見得《めみえ》しても、卑屈にはにかんでばかりおらず、悪びれもせず、なにごとにもはきはきと答えた。

人質の身になることも、武門の子に生まれたら、当然のことと割り切り、母恋しとも思わなかった。信長は初めて彼を見て、

「父親の官兵衛よりは眉目もよい。母御に似たと見える。気性もしっかり者らしい。良い和子だ」

とほめ、秀吉に向かって、

「そちと官兵衛は、合性《あいしょう》がよいらしい。最初からの縁もある。質子の松寿丸は、筑前の手もとへ預けておく」

と思いやりを見せた。

質子授受の公式的な対面がすむと、松寿丸は秀吉が安土から長浜へ帰る船に同乗して湖を渡った。

竹中半兵衛も同船していた。

長浜城では、秀吉夫人寧々《ねね》がいてやさしく迎えてくれた。

そこには、後日、秀吉の有力な家臣となる福島正則、加藤清正、石田三成らが、小姓として仕えていて、にぎやかに暮らしていた。

松寿丸も、少年ながら、すぐに彼らに馴染んで仲好く交わった。

それは、彼が成長してからいろいろな意味で役立つことになった。

その翌年の天正六年十一月、同じキリシタン信者として官兵衛と親交のあった有岡城（現・伊丹市）の城主荒木村重が、信長に叛旗をひるがえし、三千の兵でたてこもった。

信長は、みずから出馬して高山長房、中川清秀らの同類を降し、本陣を池田に進め、滝川、丹羽、池田、蒲生、蜂屋、稲葉、氏家らの諸将に命じて有岡城を包囲させた。

官兵衛は、村重と懇意だったので、有岡城に乗りこんで、村重と膝つき合わせて説得したが、どうしても応じようとはしなかった。

この時点、官兵衛の主家で御着城にいる主家の小寺政職も荒木村重に味方していることがわかったので、おどろいて政職に会って真意をたしかめた。

「わしが信長に背こうとするのは、荒木にたいする義理からなのじゃ。そちが荒木に会って心を改めさせてくれるなら、わしも信長に復帰してもよい」

政職のことばに、官兵衛はもっともと思い、再び有岡城へ乗りこんでいった。

ところが、政職からは、官兵衛が行ったら殺してくれ、という連絡が荒木村重のもとに届いていた。

村重は、かねてからキリシタンの同門の官兵衛に好意をもっていたので、そんな卑怯なことはできないと、屈強の勇士数人に官兵衛を捕えさせて獄舎にほうりこんでしまった。

待てど暮らせど、官兵衛が有岡城から出てこないので、姫路城は大さわぎになったが、官兵衛の父の職隆は、たとえ官兵衛を見殺しにしても、信長への忠誠を貫《つらぬ》くことを決めた。

そんなことは知らない信長は、官兵衛が有岡城に入ったまま出てこないときくと、敵に回ったものと思いこみ、人質の松寿丸を、

「すぐに殺せ」

と命じたわけである。

そのころ、長浜城では軍師の竹中半兵衛が留守番をしていた。

すぐに安土城へ出て行って、信長を諫めたが、信長はいったん言い出したら聞く男ではな

い。

「仕方がありませぬから、仰せのとおり殺してしまいます」

と答えて、長浜城に帰ると、松寿丸を連れ出し、自分の領地である美濃の菩提山城（現・岐阜県不破郡垂井町岩手）にかくまい、信長には殺しましたと報告した。

情報を集めることに敏なる半兵衛は、官兵衛の父職隆が信長に忠誠を誓っていることを聞いていたからである。

松寿丸は、子供ごころにも、自分に死が迫ったことを知っていた。

人質となれば、こういう運命になることがあるやも知れぬと覚悟していたものの、目の前が真っ暗闇になった。

自分を悲運におとしいれた父の官兵衛のことを恨んでみたが、その父も有岡城内に入ったまま生死も知れぬとわかると、すべてを運命とあきらめるよりほかなかった。

そんな松寿丸に、

「お前は死ななくてもよい」

と声をかけてくれたのは、半兵衛であった。

そして、自分の郷里の菩提山城へかくまってくれたのである。

そして、城下の川で水死した、十歳くらいの男の子の首を安土城へ送って、松寿丸を斬ったと報告した。

竹中半兵衛重治は美濃国不破郡（岐阜県）の豪族竹中遠江守重元の嫡男として、天文十三年（一五四四）に生まれた。

父の重元は斎藤道三に従い、岩手城を攻めほろぼして六千貫の地を領したが、翌年に病死し、弱冠《じゃっかん》十六歳の半兵衛が後を継いだ。

半兵衛は性格がおとなしいうえに、顔立ちがやさしく、もっぱら軍書に親しんでいたので、竜興（道三の孫）や家臣の多くから軽侮《けいぶ》の眼で見られていた。

安藤、氏家、不破の三家老が竜興を見限って謀叛を企てた。

これを知った半兵衛は、稲葉山城内に人質に出している弟の久作を、竜興が寵愛しているのにことよせ、

「城内に弟の住居をつくり、久作に殿の小姓として心おきなく仕えさせたい」

と竜興の許可をとり、二百人の家来を人夫や職人に変装させて城内に入れた。

そして三家老が一室に集まった機会をとらえ、半兵衛は抜刀してとびこみ、安藤をはじめ三人の家老を斬り倒し、二百人の家来は武具に着替えて城内を固め、竜興に城を渡した。

そして自分は頭を丸めて、不破郡栗原山近くの庵に閑居した。

それを信長の命令で、三顧《さんこ》の礼をもって自分の軍師に迎えたのは秀吉である。弟の久作は信長の家来になった。

元亀三年、秀吉が横山城を留守にしているとき半兵衛は攻めてきた浅井長政勢を撃退して

守りに強いところを見せた。

天正三年五月の長篠合戦にも軍功をたてた。天正五年十月、秀吉が先鋒として中国攻略にのり出すと、秀吉は黒田官兵衛と竹中半兵衛の二人を軍師として迎え、機密談合の相手とした。頭の回転が早く、いつも常識にとらわれない、おどろくような奇策をたてる二人を、幕《ばっ》下《か》の者たちは「良平」だと評した。漢の高祖の謀臣であった張良と陳平のようだというわけである。

官兵衛が有岡城に幽閉され、人質の松寿丸が殺されそうになったのは、その後のことだ。

半兵衛があるとき松寿丸に、

「信長、秀吉、家康の三公のうち、将来天下を治めるのは誰と思うか」

とたずねたことがある。

「わたくしは、秀吉公と思います」

松寿丸が答えると、半兵衛は青白い顔に、かすかに微笑を浮かべ、

「おぬしは、まだ若い。信長公はすぐれた大将だが気まぐれなところがある。秀吉公は子供運に恵まれぬところが最大の弱点となろう。家康公は子宝にも恵まれ、辛抱強く、無理をせず熟柿が自然に落ちるのを待つやり方だ。この性格は少年時代、十四年間も人質でいたころに養われたのであろう。お前も人質を体験しているのだから大いに家康公にあやかるがよい」

そんな言葉を松寿丸に残して、半兵衛は美濃を発って三木城へ向かった。

「家康公こそ、究極において天下を治める人ぞ」

という半兵衛の教えは、このとき少年ながら松寿丸の心に深く刻みこまれた。

その半兵衛が三木城攻囲中の陣中で病死したのは天正七年六月三十日、まだ三十六歳の若さだった。

「わしを残して、そちはひとりではや逝《ゆ》くか。そちに別れて、この後の戦《いく》さに秀吉はなんとしよう」

半兵衛の遺体を抱いて秀吉は号泣した。

松寿丸も、その話を聞いて泣いた。

有岡城が陥落したのは、その年の十二月のことである。

信長は尼崎の七松で村重の妻子や一族の婦女子百二十二人、その他の女子供、若党五百十二人を鉄砲でうち、やり・なぎなたで刺し殺し、四軒の家に追いこんで焼き殺すという、お得意の大量虐殺をやってのけている。

ところが、肝心の村重は、尼崎城、花熊城を転々としたのち、毛利氏のもとに亡命し、晩年は茶の湯で秀吉に仕えて利休の門人七哲の中に加わり、のうのうと天寿を全《まっと》うしているのだから愉快である。

ところで官兵衛は、一年間獄舎に閉じこめられたままの姿で、栗山善助ら家来たちに救出された。

肌はかさかさになり、全身しらみと蚊に食われ、そのあとが瘡《かさ》になり、痩せさらばえて別人のような姿になっていた。

その姿を目撃したとき、氷のように冷たい、血も涙もないとおもわれていた信長が、

「官兵衛、その姿で生きておってくれたか」

と、声を放って号泣した。

その涙の中には、官兵衛がてっきり荒木村重方に寝返ったと信じて、たった一人の息子たる人質の松寿丸を、

「斬ってしまえ」

と命令したことに対する後悔の意味もふくまれていた。

それと察した秀吉が、信長と官兵衛の二人に聞こえるように、

「松寿丸どのは、去る六月三木城攻囲中に病死した竹中半兵衛が、上様の命令に背いて命を助け、美濃山中に隠れ住まわせております」

と言うと、信長は救われたような顔になり、

「さすがは半兵衛よな。よくやった。今後は官兵衛を亡き半兵衛と思うて、存分に取り立ててつかわせ」

先刻泣いたことはけろりと忘れて命令顔になって言った。

その官兵衛の瘡は頭と膝がひどく、頭はジャリ禿となり、膝は曲がったままで、出獄して手当てを受けてもついに治らなかった。

翌年（天正八年）一月十七日、別所長治の居城の三木城は兵糧攻めで落城した。秀吉は、そのとき同時にほろんだ宍粟郡山崎城主宇野祐靖の居城と一万石を官兵衛に与えた。官兵衛はそれを機会に小寺の姓を旧姓の黒田に復した。

竹中半兵衛と黒田官兵衛について、次のような話が伝えられている。

あるとき、官兵衛が、

「秀吉殿は、いろいろ恩賞状をくれるが、少しも実行してくれぬ」

と不平をいうと、半兵衛が、

「それを見せろ」

というので、賞状を手渡すと、半兵衛はそれをいきなり破り捨て、

「こんな反古《ほご》同然の恩賞状には、とらわれぬがよろしかろう」

と答えた。そして、

「反古は忘古ですよ」

と言った。

過去にとらわれるな、という意味で竹中半兵衛の秀吉に対する奉公ぶりを示す物語である。

ところで、天正八年閏《うるう》三月、信長は松寿丸を官兵衛のもとに返してくれた。

松寿丸は十二歳になっていた。

官兵衛は、二年半ぶりに息子の顔を見たとき真っ先に言った。

「そなたにとって、親にもまさる大恩人はだれだ」

「竹中半兵衛様でございます」

「それがわかっておればよい、一生忘れぬことだな」

それ以上、官兵衛は何もいわなかった。

父に改めていわれなくとも、松寿丸は、

「今日、わしが生きてあるは半兵衛様のおかげだ」

と毎日、半兵衛のことを感謝していた。

それからまもなく松寿丸は、信長の盟友である徳川家康が、嫡男の信康と甲斐の武田信玄と通謀していることを疑われて、前年の九月十五日、信康は三河の大浜で切腹させられ、その母、すなわち家康の正室の築山御前も遠江の富塚で八月二十九日に殺されたことを聞いた。

どちらも信長からの命令だったという。

松寿丸は、信長という男の恐ろしさを、改めて知らされるとともに、盟友でありながら、その命令に黙って従い長男を切腹させた家康という人物を子供ごころにも不可思議におもった。

父の官兵衛にいわせると、

「家康という男、近ごろ珍しい辛抱強き漢《おのこ》よ」

であったが、聞けば信長の父信秀のもとに二年、今川義元のもとに十二年、六歳から二十歳までを人質として過ごしたという。

松寿丸は、自分の二年間の人質時代をかえりみて、改めて半兵衛の言葉を思い出し、家康という人に、深い親近感を覚えた。

後年、松寿丸こと長政が、家康の味方として、なみなみならぬ協力をする下地も、こんなところに根ざしていたといってよい。

また長政は、竹中半兵衛の恩を終生忘れず、遺児半助を引き取って世話をし、成長してから丹後守重門と名のらせ、終始、そば近くにおいていた。

二代目のコンプレックス

長政の初陣は天正十年（一五八二）三月、十五歳の春のことである。

この年正月九日、備前、美作《みまさか》および備中の半国を領していた宇喜多直家が病死した。嫡子秀家は、まだ十一歳であった。

秀吉は信長の了解を得て、秀家を自分の養子にした（事のついでに、美人の評判の高かった秀家の生母備中御前をも、自分のものにしたといわれている）。

こうして、播磨、因幡、但馬、備前、美作の五州と備中、伯耆《ほうき》の半ばを手中におさめた秀吉は、軍備をととのえて、その年三月十五日、姫路城を進発して備中に攻め入り、巣雲塚、冠、河屋の諸城を攻め落とした。

父官兵衛に従って軍中にあった長政は、この巣雲塚城攻めのとき、敵の兜首《かぶとくび》を獲《と》って初陣を飾った。

秀吉は進んで高松城の東蛙ケ鼻に本陣を置き、七城の中心に位置する高松城の攻囲にとりかかった。

城主清水長左衛門宗治以下、五千の城兵が籠城し、盛んに鉄砲を打ちかけてくる。

秀吉は力攻めをやめて水攻め戦術をとった。

城の二方三十余町《ちょう》を堤でかこみ、大小の川七本が流出するところに、三十艘の舟を横に並べて、これを沈め、その上に石や土嚢《のう》を積んで土堤をつくってせき止めた。土堤の長さは二十六町、高さ四間《けん》、幅二十間。

秀吉がつきに恵まれていたことは、築堤工事が完成した二日目から三日間にわたって大雨が降りつづいた。せき止められた川の水は、たちまちふくれあがって、水位は高松城の天守閣の二層目までに達した。

毛利輝元の本陣が備中猿掛城に到着し、先鋒の吉川《きっかわ》元春、小早川隆景の軍勢が、足守川の西岸の岩崎山、日差山まで進出したときは、高松城は水中に浮かぶ孤城になっていた。

羽柴軍と毛利軍は人工の湖をはさんで、東と西で対峙した。

秀吉は、これより早い時点で、信長に援軍を乞《こ》い、信長自身の出馬を要請した。

この秀吉の使者が安土城に着いたのは五月十七日のことで、信長は甲州の武田征伐を終わって凱旋し、後を追うようにして、駿、遠、甲の三カ国を与えられたお礼にやってきた徳川家康の歓迎にてんやわんやの最中だった。

信長は家康の接待委員長であった明智光秀の役目をはずして備中への出陣を命じ、自分はわずか数十名の供侍や侍女たちを従えて二十九日安土城を出発して、京都の本能寺に宿泊した。

一方、現地では、毛利輝元が秀吉のもとに安国寺恵瓊《えけい》を使者に送って講和の話し合いにはいっていた。

六月二日の未明、本能寺の変が起こり、信長、信忠父子が明智光秀に襲われて自刃した。

光秀が小早川隆景に織田父子を討ち取ったことを通報する手紙を持参した長谷川宗仁の飛脚が、官兵衛のもとにやってきたのは、六月三日の午後十二時ごろであった。官兵衛は飛脚

に向かって、

「お前は、なんと早くきたことか。このことは決して人に話してはならぬ」

と堅く口止めして秀吉の前に出て、その手紙を見せた。それを一読して秀吉は、声を放って号泣したが、しばらくたって、

「その飛脚がこのことを、万一人に語れば、それが敵にもれ聞こえて都合が悪い。いそいで殺せ」

と命じた。官兵衛は心の中で、

（この飛脚が、わずか一日半で六十里〈二四〇キロ〉の道を走ってきたということはまさに天の使いである。そのうえ、殺すべき科《とが》もなく、逆に早くやってきた功ある者だ）

と考えて、自分の陣に連れ帰り、

「このこと絶対人に語ってはならぬ」

と念を押して、隠しておいた。

ところで、秀吉が手紙を読んで号泣したあと、まだ何ともことばを出さぬうちに、官兵衛は、するすると側に進み寄って、秀吉の膝を軽くたたき、にこにこ笑いながら、

「殿のご運が開かれる手はじめでござりまするな。うまくなされませ」

と耳もとにささやきかけた、というのは有名な話である。

このことがあって以来、秀吉は官兵衛に心を許さなくなったといわれている。

ところで、秀吉の「中国大返し」が始まったのは、これからである。

さっそく官兵衛と安国寺入道が講和の交渉に入り、四日、城将清水宗治とその兄月清入道は船上で切腹、講和条約の調印終わるや、六日午後二時ごろ、毛利軍の陣払いを確認してから高松城を発ち、八日早朝姫路城に着き、九日同城を出発、十二日は摂津富田に本陣を進め、十三日の山崎合戦で光秀を敗北させた。秀吉一世一代の早業である。

終始帷幕《いばく》にあって光秀が盟友細川忠興や筒井順慶らと連携を取らぬうちに、急げや急げとせきたてたのは官兵衛であった。

また高松城水攻めのとき、築堤の指図、毛利との和睦交渉、上方へ引き返すとき堤防を掘り返して水を流したこと、殿軍《しんがり》をつとめたこと、光秀のこもる勝竜寺《しょうりゅうじ》城を攻めたとき、後ろの一方を開けて明智軍が亀山城へ集まるように誘導したことなど、みな官兵衛の知恵から出たことであった。

翌天正十一年の賤ケ岳合戦のときには、官兵衛は第二陣にあって柴田軍の第二陣と戦ってこれを破り、十六歳の嫡子吉兵衛長政も奮戦して兜首を獲《と》った。

秀吉は喜んで、長政に河内国丹北郡のうち四百五十石の地をほうびとして与えた。

翌天正十二年正月、十七歳を迎えた長政は、蜂須賀彦右衛門正勝の娘艶《つや》を妻に迎えた。

小六正勝は、秀吉が墨股《すのまた》一夜城を築いたときから、常に秀吉を助けてきた豪族の出身で、高松城水攻め後、毛利との交渉に官兵衛と一緒に当たったことがあり、このころは大坂に常駐して大坂城の築城を指揮していた。

　この時点で、黒田と蜂須賀の結びつきは、最も望ましいこととして、秀吉のお声がかりで長政と艶姫の結婚が実現したのである。

　この年、紀州の雑賀《さいが》と根来《ねごろ》の法師どもが、兵を挙げ、大坂表へ押し寄せてくる勢いを見せた。

　秀吉は、その押えとして和泉の岸和田城に中村式部少輔を派遣し、長政と蜂須賀家政（艶姫の兄）、赤松下野守、明石右近、生駒雅楽頭らを添え番とした。

　三月二十日朝、根来、雑賀衆は、陸と海と二手に分かれ一手は船で堺に、一手は大勢で岸和田城へ攻め寄せてきた。

　長政は真っ先に進んでくる敵二人をみずから斬り伏せ、混戦となったとき、数えきれぬほどの敵を斬りくずした。

　その夜、堺を攻めた敵が南下して岸和田へも攻めてきたので、長政は再び戦って多くの敵を斬りくずした。家来の栗山善助、菅六之助らも再度の戦いに手柄をたてた。

　秀吉は一日に二度も戦って、敵を斬りくずした長政の戦功を賞して、二千石の墨付《すみつき》を与えた。

　このころ父の官兵衛は播磨の揖東郡一万石の上に宍粟郡一円を、高松城攻撃以来の戦功として与えられていた。

翌天正十三年五月、秀吉は四国征伐を発令した。

官兵衛は宇喜多、仙石ら混成軍の監軍となり、喜岡、藤尾の城を落とし、撫養で総軍が会《かい》して八万五千となった。

ここで二軍に分かれ、一軍は秀吉の異父弟秀長、一軍は秀吉の甥秀次が大将となった。官兵衛は秀次の参謀となり岩倉城を攻め、秀長軍は海部城を攻めた。

四国を斬り従え、鬼のように恐れられていた長宗我部元親も、これ以上の抵抗は無意味と考え、一宮城の守将谷忠兵衛を使者として秀長に和を請うてきた。

こうして阿波、讃岐、伊予は秀吉の領有するところとなり、土佐一国が改めて長宗我部元親に与えられた。

信長に代わって「天下布武《ふぶ》」をめざす秀吉の鉾先は、次に九州に向けられた。

この年、従一位《じゅ》関白の宣下《せんげ》をうけた彼は、自分の生母大政所を人質として岡崎に送って、徳川家康の上洛を求め、大坂城の大広間で、諸大名の前で臣従を誓わせた。

これが天正十四年十月。

その年七月には、官兵衛は勘解由《かげゆ》次官に叙任され、部下三千をひきいて九州の豊前に下り、毛利、吉川、小早川と協力して島津軍と戦えとの命令をうけた。

つい四年前まで、敵として戦っていた毛利の三兄弟と共に、九州征伐の先鋒となれ、というのだから難題である。

秀吉は官兵衛に対し、まず門司の要害を占領し、関戸（下関）との連絡を確保せよ、などと、細かい訓令を発しているが、その冒頭に、

「われゆくゆく大明《だいみん》まで征服せんと欲《ほっ》す」

と書いているところを見ると、朝鮮出兵を実現した六年前から、明国征服の野望を抱いていたことがわかる。

九州征伐は、その前哨戦であった。

官兵衛は毛利三兄弟と小倉に会して軍略を定め、まず小倉城を降したのを手はじめに障子岳城、香春岳城、高祖城をつぎつぎに攻略、豊前と筑前の大半を粛正した。

このとき仙石権兵衛秀久は、長宗我部、十河らの四国の軍勢を勝手に招き寄せて、島津義久の軍と戸次川で戦って大敗し、大友義統もまた島津軍と戦って豊後の府を失った。

秀吉は官兵衛から、この報告をうけると大いに怒り、翌天正十五年正月、三十七カ国の大名に命じて、二十四万の大軍を大坂に集結するように命じた。

山崎合戦から四年半のあいだに、これだけの大名を命令一つで動かせるのだから、権力の存在というものはふしぎなものだ。

二月十日、大和中納言秀長が八万の兵をひきいて豊前に到着、三月二十九日秀吉が十万余の兵をひきいて小倉に到着した。

部署を定めて秀吉のひきいる部隊を北軍と称し、秀長のひきいるのを南軍と称し、毛利輝

元、小早川隆景の軍がこれに合流し、官兵衛が監軍となった。長政もこれに従った。北軍は筑前を制圧して肥後に攻め入った。

南軍は筑後を制圧して南豊後に入った。島津義久は豊後府を捨てて西走し、島津の家人《けにん》は高城を捨てて逃げた。

長政が日向の豊後境の財部という城の近くを流れる耳川の川原での奮戦ぶりを「黒田家譜」は、次のように伝えている。

「長政その辺の地形を見て、すでに帰らんとし給うとき、供に行きける後藤又兵衛、城の方をきっと見て、敵突き出ると見えたり、急ぎ退き給えという。阿波の家人高市常三これを聞き、よき目利《めきき》なり、敵必ずつけ来るべし、ここにては防ぎ戦いがたし、まず引き取りて耳川をこえ、敵追い来りて川を渡りかかるところを待ちうけて打つべし、早く引き給えという。また長政の家人竹森新右衛門申しけるは、あの山の林の中に赤きものひらめきて見え候《そうろう》は、いかようにも敵の伏兵あるべし。この地は敵の突き出るために利あるところにて、早く引き取り、敵出《い》でれば広みに出て打ち給えと申す。長政従者にいさめられ、それより引き返されたるところに、案のごとく、城の木戸より赤き装束したる武者一騎乗り出で、しばしうかがい見て、もとの山陰《やまかげ》に引き退く。やがて向こうの山ばなの両方より、足軽三百人余出《い》で、左右に分かれ道をさしはさみて進み来る。そのかげより徒立《かちだち》の武士二百余人、騎馬の兵少々打ちまじり、鬨《とき》の声をあげて道筋を馳せ来る。長政すわ敵つけ来るはとて、馬を引き返しかからんとし給いたるを、常三ならびに家臣ども、馬よりおりて、ここは返し合わせ給うところにてはござなく、まずお引き候て耳川をこえ、敵に川を渡らせ候て、お返ししかるべく候、返し申す時分には、われらにおまかせ候えとて、長政の馬の口を取って引き返し、供したる若き士どもの敵の手にかからんとするを堅く制したる。敵ようやく近くなるにつきて、長政七八町の間にて、たびたび馬を立て直しかからんとし給いけるを、家臣ならびに常三ら、長政の馬の前にかけふさがり、ここはところも悪《あ》しく返し候時分、はやく候と強く制しとどめける。

敵いよいよ近くなり、道の左右より足軽どもしたい来るを、追い払わんとすれば田の中足立ちあしく、馬のかけ引き自由ならず、道筋は敵二百余人鎗ふすまをつくり、その間に射手をまじえて、射させければ、はや味方に少々手負いできける。味方すでに川端まで引き退く。

そこにて長政馬を立て、持たせおかれし九段の鳥毛のえづるの指物をさし、鎗をとりすでに敵の方へかからんとし給いしを、常三馬より飛びおりて、馬の口に取りつき、ここにては勝利あるべからず、急ぎ川をお越し、あの川向かいの河原にある小塚の上にお馬を立てられ候えと申して、強《し》いて馬の口を引きて退きたる。野村太郎兵衛は部下の足軽二十人ばかりを引き具《ぐ》し、一人も散らさず、川端の小土手を楯にして鉄砲を土手にのせ、自分は鎗を杖につき下知して打ち払わせける。後藤又兵衛も足軽を引きつれたるが、下知をばなさず、長政の前を横ざまに馬を二、三度乗り回しける。

高市常三これを見て、野村が足軽を下知したる動き、後藤が馬を乗り回したる武者ぶり見事なりと長政に対し賞美しける。さるほどに、孝高も阿波守も、船手の方へ行き給いけるが、長政を心もとなく思い、後ろの山よりはるかに見給いたるほどに、治部《じぶ》少輔《しょうゆう》三成も、なおそこに止《とど》まりけり。長政の引き退き給うを見て、治部少輔申しけるは、吉兵衛、若き仁にて候が、よく逃れ候と笑いける。孝高（官兵衛）聞き給いて、治部殿の目には吉兵衛逃ると見え候や、しばらくよく見給え、とぞのたまいける。

長政耳川を打ち渡り、こなたの河原にかけあがり、小塚の上に馬を立たせ給う。

先刻長政の馬場の原に行き給うあとにて、孝高心もとなく思い、足軽頭《がしら》、吉田六郎太夫に仰せけるは、長政敵城近く巡見すれば、薩摩は足軽達者なれば帰るときつき来ることあるべし。そのときの用心のため、なんじをつかわすなり。伏兵を置きて勝利あらんところをよく見て、道のかたわらの物かげに伏せ置き、敵の来るのを待ちて横合いより鉄砲を並べ打ち、追い払うべき由下知したまい、長政のあとよりつかわされける。

六郎太夫は、部下の士、足軽数多《あまた》引き連れ、耳川のほとり茂りたる柳堤のかげに伏し隠れて待ちおりたり。島津勢、近来所々の軍に打ち勝ちて、数カ国を打ちしたがえ、弱敵小敵にたびたび勝ちて、武芸自慢の田舎武者なれば、味方のそら逃げをば知らず、まことの敗軍ぞと心得、人馬の足をみだし、こどろになりて追いかけ競い来たり、川渡りければ、ほどなく半分は川を越え、少々こなたの地に馳せ上るところを、長政よき時分ぞと見合わせ、すわかかれと下知し、速やかに向かい給いける。

味方は備えを立て直し待ちかけたることとなれば、一同にて突いてかかる。さしも勇んで息もつかず追い来たりける敵ども、この勢いを見て案に相違やしたりけん、少しためらいて進まざるところに、味方の兵機に乗って勇み進む。長政は大龍寺という四寸《よき》ばかりの芦毛《あしげ》の馬に乗り、真っ先に進んで川へ乗りこみ、刀を抜きて敵の中へ斬って入り、川中にてさんざんに戦い、向こうの岸に敵を追いつめ斬り合い給いしが、その中に強力なる敵一人、三尺ばかりの太刀をもって、長政の刀を打ち落として岸へ引きあがりけるを、長政馬に声をかけ、むながいにひとしき岸を急に乗りあげ、脇差を抜いて斬り合い、ついにその敵を打ち取り、なおも数多の敵の中へ馬を乗り入れ給いけるところに、敵三人打ってかかる。

長政渡りあい脇差をもって戦い給う。そのうち二人は鎗をもち、一人は三尺ばかりの刀をもって長政と戦う。長政左の腕を二カ所突かれ、鎧の胸板を二太刀斬られ給う。かかるところに長政の郎党井上伝次、南畝源太郎という者、これを見て馳せ来たり助け合わせ、敵二人討ち取り一人は退散しける。大将が自ら斬り合い、所々に手を負い給ううえは、相従いし黒田兵庫助、栗山四郎右衛門、母里太兵衛、小河伝右衛門、黒田玉松、後藤又兵衛、野村太郎兵衛、桐山孫兵衛、菅六之助をはじめとして、諸士ことごとく、ただ今を最後と思い切り、面《おもて》もふらず、大勢の中にかけこみ、入り乱れて戦い、勇猛をふるい、一騎が百騎に敵するほどの勢いなれば、敵、大勢なりといえども、さんざんにもみ立てられ、ついに川よりあなたに引き退く。このとき、かねて柳堤にひかえたる六郎太夫一手の足軽ども、敵の先手の戦い半ばに、不意におこり、いまだ戦わざる川向こうの敵の後陣の中に、しきりに鉄砲を打ちかけ、敵数多打ちふせ、横合いにかかりける。

味方いよいよこれに力を得、おめき叫んで攻め戦い、たちまちに屈竟の敵多く討ち取りければ、大勢の敵右往左往に斬り散らされて、ついに総敗軍になってくずれける。

味方勝ちに乗って三四町ばかり追い討ちにし、ようやく城近ければ、残る城中の敵ども助け来たらばむずかしかるべしとて、それより備えを丸め、手負いを助け、耳川のこなたに引きとり、勝鬨《かちどき》をあげさせ帰られける。

孝高はほど遠ければ、馳せゆくべき間もなく、はるかこなたの山上より、諸将と同じく何《なに》心《ごころ》なき態にて見物したまいけれども、歴々諸大名、上下共に見物しける。目前のことなれば、晴れがましき戦いにて、そのうえ敵は大勢なれば、軍の勝負いかがと心使いせらるること、なかなか自身の戦いよりも胸中苦労したりと、後日家人どもに語りたまいぬ。

長政耳川をこなたへ越えて取って返し、敵を追いくずされけるを見て、孝高よろこび、治部少輔に対し、あれ見給え、吉兵衛よく逃るとお笑い候が、最前退き候は、わざと敵を広みにおびき出し、川をこえさせて取って返し、川へ追いはめ討つべきための知略《ちりやく》にて候、あれをたびたび見置きて、貴殿重ねて殿《しんがり》をせらるるときの手本につかまつられ候えと申されければ、さすがの治部少輔、赤面してこそおりたりけれ。

軍はてて後、家臣ども、孝高の前に出て、今日味方の小勢をもって、敵の大勢競いかかるを追いくずし勝利を得られ候こと、長政のお手柄比類なきよし申しければ、孝高、それはなんじらの軍法を知らざるゆえ左様思うなり。

大将は士卒をよく進退して、指揮するこそ職分なれ、もちろん大将臆しては弓矢取れねども、また葉武者《はむしゃ》のごとく、われ一人の勲を好むは匹夫《ひっぷ》の勇にして大将たる道にあらず。大将が士卒より進んで先をかければ、後なる士卒をば誰が使うべきや。かつまた大将が軽々しく先駆けし、敵にそれと見つけられなば、敵大将一人目にかけ、これを討つべし。これ大将の不覚にあらずやとのたまいける」

こういう名将を父にもった二代目は、ひとなみ以上に苦労した。

「長政は世にかくれなき名将であったが、あまりに勇気盛んにして、ややもすれば、敵に臨《のぞ》んではこらえかね、人の後におらず、常に士卒にこえて先駆けを好み給うゆえ、孝高様、かくいましめ給うとなり」

と「黒田家譜」の筆者貝原益軒《かいばらえきけん》は書いているが、長政にすれば、せめて、士卒にこえて先駆けしておのれの勇敢なところを見せるよりほか、名将の父に優るところを家来に示す方法がなかったといってよい。

長政は父の孝高（如水）が慶長九年（一六〇四）五十九歳で死ぬまでは、常にファザーコンプレックスに悩まされていたといってよい。いや、それは十九年後、長政自身が五十六歳で死ぬまでつづいた。

それが、名将といわれる人物の二代目が味わわねばならぬ宿命であった。

うさん臭《くさ》い奴《やつ》

ある日、秀吉が聚楽第《じゅらくだい》で、近臣たちと世間話をしているとき、

「わしの死後、天下を取るものは誰じゃと思う。遠慮なく申してみよ」

近臣たちは、それぞれ思うところを答えた。

あるいは徳川家康、あるいは前田利家、あるいは毛利輝元の名をあげたが、すべて大身《たいしん》の大名の名ばかりであった。

「なるほどな。しかし、もう一人おるぞ、わからんか」

「わかりません」

「官兵衛めが取るわい」

「黒田殿はわずかに十二万石、どうしてさようなことが出来ましょう」

「お前らは、あいつの知恵をよく知らんのじゃ。わしが天下を平定するまでの間には、息のつまるような大事の場合が、いく度かあった。たいていは工夫がついて切り抜けることができたが、どうしても工夫のつかぬこともあった。官兵衛めに相談すると、即座に、それはこう、あれはかくと、いともやすやすと策を立てた。その策は、わしが久しく心をしぼって、工夫したことと同じであったり、事によってはそれよりはるかに上策と思われることもあった。このような知恵者であるうえに、将に将たる器《うつわ》である。わしが存命のうちでも、天下を取ろうと思うたら、たやすく取れる男だ。されば、時節が到来すれば、四方に手くばりして乱をおこさせ、まさにその者の手に天下が落ちようとするとき、横から出てチョロリと自分のものにするであろう。これは、やつの得手のわざよ。小身《しょうしん》ゆえに天下を取れぬというなら、このわしはどうじゃ」

「なるほど、そうおっしゃれば、そのとおりでござりまするな」

「だから、お前らは、考えが浅いと申しておるのよ」

秀吉は、得意げに鼻をうごめかせた。

この話を、官兵衛に告げたものがあった。

「南無三宝《さんぼう》」

官兵衛は、それを聞いて首をすくめた。

秀吉が、自分をそのような目で見ているとは、気がつかなかったのである。

彼が、息子の長政に黒田家を継がせて隠居の身になろうと考え始めたのは、このときとされている。

軍師として頼られていると思えばこそ、そのときそのときの知恵をしぼって進言していることを、逆にとられているとは——。

本能寺で信長が討たれたその通報が、高松城を水攻め中の秀吉の陣中に届いたとき、号泣する秀吉のもとに近寄った官兵衛が、

「チャンス到来ですよ」

という意味のことをささやきかけたという話は前に書いたが、秀吉はこのとき、

（うさん臭い奴めが）

という印象を官兵衛にもったらしいが、そのくせ竹中半兵衛亡きのちの軍師として、官兵衛を利用できるだけ利用した。

山崎合戦、賤ケ岳合戦、四国攻め、九州攻めに勝ち抜いてきたのは、官兵衛の知恵と、吉兵衛長政の勇気が大いに貢献しているといってよい。

しかるに、それに報いる恩賞は意外に少なかった。

天正十五年七月、官兵衛に与えられた領地は豊前の六郡十二万石に過ぎなかった。

「これ孝高（官兵衛）の大志あるを忌み給い、その上石田治部少輔らの権臣も、孝高の高才ありて、われにへつらわざるをそねみて、時々ざん言したので、その功は大なりといえど

も、ついに大国を賜らず」

と「黒田家譜」にも書いている。

このように、秀吉が官兵衛を敬遠したことが、結果からみて官兵衛、長政父子を家康に近づけることになる――。

豊前に入国した官兵衛は京都郡馬岳城に住み、のちに下毛郡中津城に移った。

入国すると、まもなく、領内の一揆《いっき》の平定戦を始めた。

長政は豊前国城井《きい》谷の城主宇都宮中務《なかつかさ》少輔鎮房《しずふさ》と戦って大いに敗走した。

官兵衛は、馬の岳の櫓に上って、それを見ながら笑っていたが、側臣たちが、

「危のうござります。早くご加勢なさいませ」

と口ぐちにいうのを、

「いやいや、引き連れた味方が、一丸となって、しずかに道を引き退っておるのは、吉兵衛（長政）であろう。危うげなようすはない」

と言ったが、そのとおり、長政はなにごともなく引き返した。

長政は敗戦を口惜しがって引きこもり、夜具をかぶって寝てしまった。

官兵衛は、長政の腹心の者を呼んで、

「弱敵を恐れろ。はじめの勝利をこそ勝ちとするのだ。勝ちすぎると勝ちに乗じてかならず敗北の基となる」

と戒めた。長政は、

「面目ない」

といって父の前にも出なかった。

官兵衛は、

「さては死ぬつもりでおるな」

と察して、老巧の者を多く長政に添えて、はやった行動に出ることを禁じた。

一揆がまた上毛郡に押し寄せたので、長政は火隈の海近くの山に登り、待ちかまえて、思うがままに引きうけ、全軍こぞって敵前に乗り出し、馬の足場もよかったので、縦横に敵中を乗り割り、一揆が敗北するところを追い立てた。敵は、鬼木、塩田などという者が討たれてちりぢりになったが、長政は塩田内記らをみずからの手で討ち取り、なおも駈けようとしたのを、老兵どもが馬からとびおりて押え、陣立《じんだて》を整えた。

翌日、官兵衛は、火隈に行って長政と対面し、

「若い者は懲《こ》りるということがなければ、考えも練れぬものだ。最後の勝ちを得るには、どうすればよいかを考えよ。ただ勝つことばかり思うておると、敗けてしまう。良将というものは、時を頼みにし、いかにもゆるやかにみえるが、軽率な戦いはしないから、ついには勝利を得るのだ」

と教えた。

長政が、

「また押し寄せてみせます」

というのを制して、官兵衛は、要害を設け、兵糧の道をふさいでから、馬の岳へ帰って行った。

官兵衛と同じころ、肥後一国五十四万石を与えられ越中から入封した佐々成政《さつさなりまさ》は、千八百五十町歩《ちようぶ》の田を上方にならって石高に換算しようとして、十三人の国人の反感を買い、一揆が起こった。

官兵衛は、これを聞いて豊前領内の仕置きを長政にまかせて、筑前の小早川隆景、柳川の立花左近らと協議して肥後の鎮定に奮戦し、やっとおさまったが、成政は秀吉に大坂城へ呼びつけられ、東上の途中、尼崎にとどめられ、法華寺で切腹させられた。

天正十六年閏五月十四日、成政行年《ぎようねん》六十歳。

父官兵衛の留守中に、長政は父を真似て調略をやった。領内の城井谷城主宇都宮中務が、手勢《てぜい》二百ばかりを連れて、あいさつのためといって中津城を訪れた。

長政は、このときとばかりに、

「あいさつのためなら、あらかじめ日時を打ち合わせて、小勢にて参上すべきに、大勢で案内もなく押しかけるのは無礼である」

と怒り、「あいさつの盃を交わすときを合図に押し包んで討ち取れ」

と家臣たちに、ひそかに命じた。

中務が長政のいる広間へやってきて、長政とは筋違《すじか》いに、二間（四メートル）ほどへだてて、腰障子のそばに着座した。

中務は六尺ばかりの大男で、大力の剛の者で知られており、二尺ほどの脇差を腰に横たえ、二尺八寸の裏代の刀を背後に立てかけ油断のない面《つら》がまえをしている。

いよいよ盃を交わす段どりとなった。

家来の吉田又助が酌に立ち、まず長政の盃に酒をつぎ飲み干したのち、その盃を中務のもとに運んだ。

中務は長政と又助の双方に目をくばりながら、左手で盃をもち右手は脇差の柄《つか》の上に置いている。

又助は、わざと、こぼれ落ちるほどに酒を盛り、長政と中務の中間に位置して銚子を下に置いた。長政が、

「もっと、肴《さかな》を」

と大声を出した。

そこで野村太郎兵衛が、ハッとばかりに、肴をのせた三宝を捧げもって現われ、中務に近づくや、三宝を投げつけ、中務の左の額から目の下まで、一太刀斬りつけた。

中務が心得たりと盃を捨て、脇差を抜きかけ立ち上がらんとするところを、長政は側に置いた太刀を抜き、すき間もなく切りつけ、左の肩より両乳の間を割り、後ろの大骨にかけて、右の横腹までも斬りつけたので、さしもに猛《たけ》き中務も、うつぶせに伏せった。

このとき、次の間にいた黒田家の家臣たちが、いっせいに殺到してきた。

太郎兵衛刀を横にかまえ、片手をつき、

「日ごろのご本望にて候、いま一太刀遊ばし候え」

というと、長政は立ち上がり、声をかけて中務に刀を振るい、後ろから腰のつがいを切り離した。

長政は、刀をたずさえて玄関に出、

「城井谷が家臣を誅殺せよ」

と大声で命じた。

太郎兵衛は城井谷の家人どもを追い払わんと、表口へ走り出た。

吉田又助は、矢倉にかけ上がり、早鐘をつかせた。

城井谷の郎党たちは、主人討たるると聞き、玄関より内へ押し入らんとするのを、す早く戸を閉めたので、露地口を押し破って攻めこんできたのを、黒田側は、ここを先途《せんど》と命をかけて戦ったので、城井谷の究竟の者多く討たれ、残る者もみな門外へ追い出された。

台所へも敵五、六十人斬って入ろうとするのを、中間《ちゅうげん》、小人、台所の下郎までも防ぎ戦い、外へ追い出した。

味方でも内海甚左衛門らは討ち死にした。

敵は、みな城外に集まっていた。

城下にいた味方の諸士は、早鐘をきいて、すわこそと、裸馬にまたがり、鉄砲頭は足軽に鉄砲をもたせて急ぎかけつけ、大手門をかためて、鉄砲を打たせつつ、逃げるを追い討ち、残る敵は沢田へ向かって逃げ帰った。

長政は、やがて城井谷の住む沢田の邸へ押しよせ、残る者どもをことごとく討ち果たせ、と下知し、自身で馬を向けた。

城井谷の家人ども、にわかのことに騒動し、防ぎ戦うが、味方の兵は事ともせず、鉄砲で打ちすくめ攻め入った。

搦手《からめて》に回った味方の兵は、館に近い民家に火をかけたので、その火はたちまち館に燃え移り、男女東西に逃げまどった。

城井谷の館は、たちまち打ち破られ、妻子もみな捕えられ、彼の地は、すみやかに平定された。

中務の父長甫は、豊後へ逃げようとしたが、追手にからめとられてしまった。

長政は、その日のうちに中津に帰った。

城井谷の一族十三人は磔《はりつけ》にかけられ、城井谷を討ったことを、長政が父官兵衛に注進すると城井弥三郎も肥後で殺された。

天正十七年。官兵衛は隠居して家督を長政にゆずり如水軒円清と号し、長政は甲斐守に叙任された。

天正十八年（一五九〇）三月、秀吉は小田原の北条氏討伐を企て、四十四カ国二十六万余人の出兵を指令した。

豊前は遠国だということで、長政は在国を許されたが、父の如水は隠居の身ながら、少数の兵をひきいて参陣、帷幕の中にあって、秀吉から軍略を助言するように命じられた。

同年七月、長期の包囲陣がつづいた後、如水は、秀吉から北条氏を降伏させる策をたずねられた。

「徳川殿が最も適任でござる。徳川殿は関東の事情にもよく通じてござるし、北条氏とは姻戚の関係もござる（家康の二女督《とく》姫は氏政の長男氏直の妻）。この周旋役には、最もふさわしいお人でござる」

そこで、如水から家康に内意を伝えさせたが、家康は姻戚であるからかえって工合が悪いと辞退した。

如水としては、この辞退は予期していたことであったので、秀吉の前に出て、

「拙者におまかせ下さいましょうか」

「まかせる。やってみよ」

如水は矢文《やぶみ》を北条氏房の陣所に射こんで和睦をすすめる一方、武州岩槻に捕虜になっている氏房の妻子を説いて、氏房に降伏をすすめる手紙を書かせた。

氏房はまた氏政に和睦を説いた。

如水は、時機を見はからって、氏政の本陣に、陣中見舞いと称して美酒二樽、粕漬け魴《はも》十尾を贈った。

すると、返礼として氏政から鉛と火薬それぞれ十貫目を贈ってきた。

氏政のほうとしては、矢彈《やだま》には少しも窮しておらぬことを誇示したつもりらしいが、如水の狙いは、そんなところにはない。

答礼と称して、みずから城中に乗りこんだ。

そのいでたちは、肩衣に袴を着し、大小をすてて無腰という姿であった。

そして、氏政、氏直に面会して、利害を説いて、ついに降伏を承諾させた。

小田原城主北条氏直が、弟の氏房と共に城を出て秀吉の軍門に降ったのは七月五日、十一日氏直の父氏政と、氏政の弟氏照が城下の医師田村安栖宅で自刃した。

家康と姻戚関係にある氏直は氏規、弟の氏房ら三百余人と共に高野山に追放された。

ここに至るまでの間に、如水は家康とたびたび会い、家康をして、

「西国にて第一の弓取りは黒田勘解由」

と言わせたし、如水も側臣に、

「最後に天下をつかみとるのは家康公だ」

と言って、双方が相手の人物を深く認識し合ったのである。

その家康は、秀吉から、

「駿河、遠江、三河の三国を返上し、その代わりに関東の六カ国を与える」

という申し渡しを唯々諾々《いいだくだく》とうけたまわって江戸へ赴任した。

朝鮮の役《えき》

小田原の北条氏を攻めほろぼして関東六カ国を手に入れ、家康をここに移封《いほう》し、さらに足をのばして陸奥白河まで出陣、奥羽地方を手中におさめた秀吉は、北は弘前から南は鹿児島まで、ほぼ天下を統一したことになる。

蝦夷《えぞ》地の松前慶弘までが、わざわざ聚楽第にやってきて、前田利家を介して臣従を誓い、従五位下民部大輔の肩書をもらっていた。

普通の人なら、ここらで腰をすえ、統一を終わった国内の内政の充実に力を入れるところだが、秀吉は、それで満足しなかった。

小田原役の翌年（天正十九年）一月二十二日、秀吉が右腕とたのむ異父弟大和大納言秀長が五十一歳で死去し、それから六カ月後の八月五日、愛妾淀殿の産んだ一粒種の三歳の鶴松が病死した。

秀吉は、それらの悲しみを忘れるためであるかのように、かねて心に描いていた明国（現・中国）の征服を実行に移そうと考え、道筋に当たる朝鮮に、その先導役を命じようとした。

戦争の功労者に与えるべき、手持ちの領土が無くなったことも侵略を企てた理由の一つであった。

しかし、当時、明国を宗国と仰ぎ、属国の礼をとっている朝鮮がそれに応じるはずがない。

しびれを切らした秀吉は、とりあえず、朝鮮の侵略に踏み切ったのである。

その年十月、前進基地として肥前名護屋に築城を開始することになり、如水に縄張奉行（設計者）を命じた。

名護屋城の建設が進むにつれて、総勢十五万八千七百人の朝鮮遠征部隊の編成がおこなわれ、長政は五千人の家来をひきいて渡海することになった。

文禄元年（一五九二）三月二十六日、秀吉は三万の将兵をひきいて、京都の聚楽第から出陣した。後陽成天皇の勅命によって出征するという形式をとり、聚楽第には甥の秀次を留守部隊長格に残した。

　秀次は秀吉から関白職をゆずられ、秀吉は太閤と称していた。

「おもいおもいの出立《いでたち》、金銀をちりばめ、一日見くたびれ候。百官、公卿、いずれも三韓、大唐の幕下《ばっか》に帰するは不日《ふじつ》にあるべしと感嘆した」

　華麗な出陣の行列を見送った公卿の一人は、このように書いているが、このときは秀吉はもちろん、天皇も庶民も大唐（明国）が、簡単に手に入るように考えていた。

　名護屋に着いた秀吉は、家康と前田利家を相手に、日夜軍議にふけった。

　その仲間に入れてもらえぬ如水は、隣室にあってこれを聞き、

「わが国の兵朝鮮に入り、大軍をよく指揮するのは、徳川公よりほかにはござるまい。しからずんば、利家公かこの如水のほかにはござるまい。兵の道を知り、国を治むべき者ならでは、朝鮮の民は帰服しないであろう。小西行長、加藤清正など威勢を争うばかりで、かの国の民はみな疑いを生じて逃れ去り、その地が治まることはあるまい」

　と聞こえよがしに言った。

　このとき、清正、行長が先陣、長政はその次というように、すでに部署を決めていたので、これを聞いて秀吉は苦い顔をした。

　そして、わざとらしく如水に監軍として渡海するように命じた。

　そのあと、不服面をして坐っている如水のもとへ、家康がいつの間にか音もなく近づき、

ものかげに呼んで肩を叩き、

「そなたの言われたこと、いちいちもっともであった。十分に気をつけて渡海なさるように」

といって励ましてくれた。

如水は、家康の気くばりがうれしかった。この人こそ、秀吉に代わって日本国を統一すべき人だと痛感した。

（その家康は、自分自身の兵は一人も渡海させなかったのだから、ずる賢《がしこ》いもいいところである）

渡海した如水は、秀吉の強引な作戦命令に、ことごとく反対意見を書き送ったため、秀吉に日本へ呼び戻された。

ところが、翌文禄二年、戦況が不利になると、如水は浅野長政とともに再度渡海を命じられた。

しばらく朝鮮にいた如水は、太閤殿下に伺《うかが》いたいことがあるといって帰国した。

このとき、石田三成、大谷吉継、増田長盛の三奉行は、如水が浅野長政と作戦中にもかかわらず囲碁に夢中になって、三人が話しかけても相手にしなかったと秀吉にざん言した。

囲碁の最中にやってきたので、終わるまで隣室で待っていてくれるように言っただけなのに、奉行として肩を怒らしている彼らは、

「われらを待たせるとは怪《け》しからん」

といって、去ってしまったというのが事実であった。

秀吉は、そんなことと知らず、三人のざん言を信じて如水をうとむようになった。

如水と石田三成の仲は、いよいよ悪くなった。

三成は、如水のきげんをとっておいたほうが、後日のためになると思ったのか、長政に、

「わしと和睦したなら、太閤殿下へ申し出て、豊後一国を与えられるよう取り計らうであろう」

と申し出た。長政は冷たい顔で、

「治部少殿の取りなしで大国を得ても、父如水と仲悪《あ》しき小人《しょうじん》と和睦するのは本意ではない。たとえ大国を得ても、父の心を失うことは不孝の至《いた》りである」

と答えて、とりあわなかった。

秀吉は、あいかわらず如水を無視しつづけた。あるとき秀吉が諸大老と朝鮮軍のことをあれこれ評議しているのを壁越しにきいた如水は、わざと秀吉に聞こえるような大きな声で、

「去年大軍を朝鮮へつかわされたとき、家康どのか利家どのか、どちらか一人を総大将として派遣され、万事一人の下知より出でなば、軍法よくおこなわれ、滞《とどこおり》あるまじ。もしまた右の両将をつかわさることかなわざれば、軍の道を存じたるそれがしを遣《つか》わさるれば、軍法定まりてはかゆくべし。その上和をもって人を手なずけ、朝鮮人安堵して日本人

に帰服せば、大明を征伐せんこと安かるべし。加藤、小西若き大将なれば血気の勇のみにて、軍の道を知らず、そのうえ両人仲悪しければ清正の仕置をば行長が破り、行長の法令をば清正用いず、仕置一様ならざるゆえに、朝鮮の人民、日本の下知法度《はっと》を信ぜずして、たのみなく思い、山林へ逃げかくれ、安堵の思いなし。日本より朝鮮へ道遠ければ、兵器武具等日本よりつづいて運送することなり難し。朝鮮の民を手なずけ、耕作をもとの如くさせ、糧《かて》を敵によることしかるべきに、仕置悪しくして、日本人の通る朝鮮の三道は、人民散失し荒野となりて五穀なし。かくの如く朝鮮すでに亡国となりぬれば、大明へ入るべき基なし。朝鮮の人民散失し、日本の運送も相続いて成りがたくば、このの ち味方大勢の糧尽き、異国の在陣不自由にして、士卒の労苦たえがたくば、思《おぼ》し召《め》し立ちたる大志必ず成就あるまじ」と言った。

このころ朝鮮側で書かれた「懲必録」という書物に、次のように書かれている。

「倭人《わじん》朝鮮の都に入りしは巧《たく》みなれども、平壌のことは拙《つたな》し。いかんとなれば、朝鮮、兵乱なきこと百年、兵の道を知らず。にわかに日本人の攻め来るを聞きて、あわてさわぎ魂を消し、逃げ迷いける。このとき日本人破竹の勢いにのり、釜山浦より旬日《じゅんじつ》の間に王城に至れり。このとき朝鮮人智恵も謀も及ばず、勇者も防ぐことあたわず。その後日本、勝の威をたのみ、その武勇を誇りて、後の憂をかえりみず、王城より諸道に散出し、その驕肆《きょうし》にまかす。その兵あつまるときは強く、分かるるときは弱し。日本人、千里の間、所々に営をつられて一所にあつまらず、孤軍深く入りて危うきことを知らず。ここにおいて大明の兵数万、平壌を攻め破る。平壌すでに破れて諸道にありし倭兵、みな気を奪われ、首尾相救うことあたわず、ついに王城をも引き払いてのがれ去れり。故にいう。平壌に拙しと」

如水が聞こえよがしに言ったことと、符合した意見である。

秀吉も、さすがに如水の言うとおりだと思ったのか、壁越しに如水に向かって高声に、

「来年もし異国を討つなら、われみずから朝鮮に入るか、わしが上洛して、秀次を名代《みょうだい》とするであろう」

と答えた。

（その関白秀次が、秀吉から反逆の汚名をきせられて高野山で切腹させられたのは、それから二年後の文禄四年七月である）

一方、息子の長政のほうは、加藤、小西の先手につづいて朝鮮に渡り、戦いに明け暮れていた。

名護屋を出帆した長政は、金海城辺の港において番船五艘を討ち取り、ただちに進んで金海城を攻めて城兵数百人を殺して、太閤秀吉から感状を与えられた。

さらに昌原等の諸城を降して王城に攻め入り、六月、備前宰相秀家および諸将が来たとき、いまよりのち、加藤、小西と同じく代わる代わる先手をつとめよ、との太閤の命令を伝えられて、白熊《はぐま》の采配を与えられた。

その月長政は、黄海道に向かうつもりだったが、平安道嘉山城に朝鮮王李昭ありときいたので、そちらへ兵を向けて嘉山城に陣をしいた。

そのとき小西行長の陣に夜討ちがあったので、長政は援兵を出して敵兵百人を斬り、のこる敵は、ことごとく城下の大河に追い入れ、みずから馬を河に入れて多くの敵を討ち取った。その後、城兵がひそかに逃げ去ったので、黄海道にもどった。

その後、小西行長が平壌城を攻めたが、要害の地で容易に落ちなかったので、大友義統を誘って押し寄せ、城はついに陥落した。

そのころ、明国の援兵が攻めてきたので、長政は黄海道白山に在城し、龍泉、江陰の両城は家臣にまかせ、しばしば明の援兵と戦った。

文禄二年、行長が平壌に陣しているところへ、明国の将軍李如松が数十万の兵をひきいて取り囲んだ。行長は仕方なく大友義統や長政に救いを求めた。このとき行長の軍勢半ば討たれ長政の家臣小河伝右衛門の守る龍泉の城に逃げこみ、義統は砦を捨てて王城に逃げこんだ。

長政は海州から馳せ帰って行長に会い、その疲れたる兵を王城に帰らせ、小早川秀包《ひでかね》と相談して明兵と一戦をとげんとして、小早川隆景のもとに使者を送り、人数を出すように求めた。

隆景はこれを聞いて、小をもって大に敵するのはよろしからず、すみやかにわが開城に来たれとすすめた。長政らはそれにこたえ、隆景とともに開城を守り戦を決せんとした。そのとき大谷吉継が、長政らの三将を諫《いさ》めて、軍を退け王城に入るよう言葉をつくしてすすめたので、三将は相談して吉継とともに王城に入った。

数日ののち、明兵開城の河を渡って王城を攻めにきた。長政は先陣をうけたまわってこれを破り、河に溺れた敵兵は数千に達した。

六月、太閤の命により、諸将とともに晋州城を攻め破った。例によって長政が先陣をうけたまわった。

和議ととのったのち、清正が生け捕りにしていた朝鮮の王子を行長のもとに送り、朝鮮に渡したことを、長政から家康に報告すると、十一月二十八日付で家康から賞讃の返事が送られてきた。

そののち、諸軍と共に帰還した。

慶長二年、和議が破れると、長政は再度渡海、稷山で力戦して一万人を討ち取り、慶尚道梁山を居城とした。

このとし明兵百万蔚山《うるさん》城を囲み、城中糧食尽き、飢えにおよんだ。

長政は梁山を発して、慶長三年正月、蔚山に近い敵の砦を乗っ取り、味方の諸将とともに蔚山の後詰めをしてその囲みを解き、敵数千を斬り、太閤より感状を与えられ、徳川秀忠より二十五日付で賞讃の手紙と小袖十領羽織五領をもらった。

また、小西行長が明兵に順天城を囲まれたとき、長政は早船に乗って馳せつけ、これを救出した。

八月十八日、太閤が死去したので、加藤清正と談合して、釜山浦に移り、家康からのたびたびの帰朝命令にこたえて十一月博多に着いた。

家康への忠節

秀吉が死んだあくる年の慶長四年正月十日、彼の遺言に従って、秀頼は伏見城から大坂城に移り、前田利家は後見として大坂に居住し、伏見の城は五奉行が交代で番をつとめることになった。

同年二月五日、家康が養女を嫁がせることによって、福島正則、蜂須賀至鎮、伊達政宗、加藤清正らと結ぼうとしていることを五奉行、四大老らによって詰問されたので、家康は彼らに誓書を差し出して和解した。

それでも石田三成らは、密かに家康を除こうと企て、向島の館を攻める密談をしているとの噂が流れ、伏見、大坂の町民たちは大騒ぎし、家財をまとめて逃げ出す者もあった。

如水、長政父子は、かねてから、ひとしお家康に忠節の志が深かったので、この騒ぎのとき、長政は屈強の家臣十二、三人を連れて、向島の家康の館に詰めきり警護に当たった。

家康は感激し、

「雑説が横行してよりこの方、心を傾けてわれに与《くみ》せられる忠節、かたじけない」

と長政の手をとって礼を言った。

このころまでは、加藤清正も福島正則も、家康に帰服する心が浅かったのを、

「秀頼公のおんためを思えば、これからは内府どののために尽くすことが、豊臣家安泰の道でござるぞ」

と折りにふれ事にふれて説得につとめたのは、如水と長政であった。

また、前田利家は家康が、秀頼を伏見から移すのは早過ぎると反対したのを、

「太閤殿下の肉いまだ冷えざるに、早くもご遺命を捨てるつもりでござるか」

と怒って以来、家康と不仲になり、五奉行となにやら画策している様子であった。

如水は、細川忠興の嫡子忠隆と、利家の息子利長の娘が婚約をしているのをさいわい、忠興にすすめて、利長のもとへ行かせ、

「奉行衆が利家卿にすすめて、内府をほろぼし奉らんと企てておるのは、余の儀でござらぬ。いま天下の両雄は、内府と利家卿でござる。利家卿を大将として内府を討たば、天下にこわき人は利家卿一人でござる。利家卿は老人にて病者なれば、やがて逝去し給うでござろ

う。利長公は若輩なれば亡ぼしやすしとの謀でござろう。内府は古今の名将でござる。その上内府に与《くみ》するものは、みな天下の名将でござる。いまの世に内府を亡ぼさんとすることは蟷螂《とうろう》（かまきり）が車をさえぎらんとするようなものでござる。いま利家卿が邪謀に欺かれ給うことは、謀の拙きところでござる。いそぎ利家卿に内府と和睦すべきことを諫め給え。利家卿が同心いたさば、拙者が利家卿の使者となって内府へ和睦の申し入れをいたそう」

と説得させた。

利長は喜んで、父に右のことをすすめたので、利家も同心して、家康と和睦し、二月五日、互いに誓書を交わした。

このことを知った諸大名は、如水、長政父子が、家康と親密であることがわかって、如水父子を頼って家康に志を通じるものが多くなった。

長政と家康の接触は、これが最初ではなかった。

明国との講和が一応成立して、在鮮の将兵があらかた日本に引き揚げた文禄三年（一五九四）の春、奈良の北五里にある柳生の里に、黒田長政の家臣の栗山善助という者が騎馬で供侍一人を伴って、使者として柳生石舟斎宗厳の邸へ使者としてやってきた。

用件は、いま京都の鷹ケ峰の東麓に近い紫竹村に仮小屋を建てて陣し、伏見城の構築を応援している徳川家康が、

「石舟斎殿は無刀取りの達人であるということを黒田殿からきいた。ぜひ見せて頂いてわが

兵法に役立てたい」

といっているので、京都へお出かけくだされたい、ということであった。

宗厳は、大和郡山城主として着任した秀吉の異父弟秀長が検地をやった際、「隠し田」があったとして、三千石の領地を没収され、おのれを水に浮かばぬ石の舟と自嘲して、剣の修行に沈潜していた。

五月三日、宗厳は二十四歳の五男宗矩の、

「出来得れば、徳川殿に仕えて世に出たい」

という懇望にこたえ、しぶしぶ腰を上げて、家康の仮小屋に出頭した。

長政が待ちかまえていて、家康との間を何かとあっせんした。まるで側臣のように――。

「仰せに従い、拙《つたな》い業をご覧に入れます」

宗厳は家康に一礼して、素手のまま立ち上がり、打太刀の宗矩と試合をし、無刀取りの極意を披露した。

「見せてもろうただけではわからぬ。わしの木刀を、無刀で取って見よ」

いうより早く、家康は愛用の枇杷《びわ》の木刀を取って、宗厳に立ち向かった。

宗厳は両手を膝の前に垂れさげ、体をまんまるく低くし、すらすらと仕掛ける歩みをとどめない。

「えいッ」

奥山流の奥儀をきわめた家康の木刀が、すさまじい声とともに真っ向から打ちこまれた。転瞬、宗厳の左掌《てのひら》が家康の双手で摯《と》る木刀の柄《つか》を、猿臂《えんび》のように下から受け取ったと見る間に、木刀は空に舞って飛び、宗厳の左腕は家康の左腕を抱きかかえるようにし、右拳はその胸を軽く突き倒そうとしていた。

まるまる肥え太った体に陣羽織を着た家康は、顔をしかめて後方によろめきながら、

「これはたまらぬ、恐れ入った」

ばつの悪そうに立ち直り、

「うむ、見事だ。聞きしにまさる妙手。自ら衛《まも》りを固めて敵を近づけぬことこそ武の理想というもの。無刀取りは、その神髄というべきものであろう。まさに天下の剣であろう。そなたに入門して兵法の師と仰ぎたい」

と絶讃し、その場で入門の誓紙を書いた。

そして、宗厳に乞《こ》われるままに宗矩を二百石で召し抱え、剣術指南とした。

これが柳生家と徳川家の結びつきの始まりであった。

この柳生父子と家康との記念すべき初対面の席に、天海僧正と大徳寺の三玄春屋も同席し、春屋のうしろには、このとき二十二歳の青年僧宗彭《そうほう》(沢庵《たくあん》)もひかえていた。

この席をあっせんした長政は二十七歳。

この時点で長政が、このように家康の知遇を得ていたことは、注目してよい。

ところで、長政が家康守護のため向島の館へかけつけたことを知った福島正則や加藤清正もつづいて部下をひきいてやってきて味方に加わった。

二月十四日付で、秀忠が、このことについて感謝の手紙を長政あてに出したのが、いまに残っている。

如水、長政父子が家康党であるという旗色を鮮明にしたのは、このときである。

もっとも、如水は秀吉が死ぬ以前から近臣に、

「豊臣氏の天下は、二代とはつづくまい。いずれは徳川殿の天下となろう。そのわけは、太閤殿下のなされかたを見ると、小身から成り上がっただけに、かつての主人筋や、先輩、朋輩を大切に扱い、腰を低くして評判をよくされた。また、惜しげもなく国郡を分かち与えたので、大欲のあるものは欲につられてついてきた。だから、真のお味方は少ない。しかし、太閤一代のあいだは、その身の果報といい、武略といい、並みはずれているので、いかようにでもおさまるであろう。しかし秀頼様の時代になって、太閤のように腰を低くされれば、たちまち軽侮されて叛乱が起こる。太閤さまのように知行《ちぎょう》を与えたくも、その余裕はないのだから、欲につられてついてくる大名もなく、百戦錬磨の大名たちがいっせいに背けば、これを取り鎮めることはできない。ご幼少のあいだに、これを守りたてる人を得れば、太閤の志も達せられるであろうが、守り役を得ることは至難の業である。つとめて権威を高くし礼節を厳にし、信直をもっておさめなければ、とても二代はつづくまい。

その点徳川家康は、その大身といい、武略といい、他の大名には肩を並べる者がいない。それに誠実そうにふるまうので、諸人から好感をもたれ敬われている。生まれつき口下手で、愛想はよくないが、不言実行で勢力をかため、人の世話もしているので、頼り甲斐のある印象を与え、心を寄せる者は日ましに多くなっている。太閤のあとは家康だというのが、自然の勢いであろう」

と、次期政権は家康だと明言していた。

加藤清正は家康の外祖父水野和泉守の娘と嫡子忠広を婚約させ、親密の度を深めた。

三月十一日、家康は伏見から淀川を船で下って利家の病床を見舞うことになった。

石田三成らの一党は、時こそ来たれと、手ぐすねを引いて、家康打倒の機をうかがっていた。

家康の乗った船が中之島に着くと、藤堂高虎《とうどうたかとら》が女駕籠を用意して出迎え、近くのわが邸に運んだ。

長政は手勢を連れて藤堂邸に詰めて家康の警護に当たり、前田邸に行く家康の駕籠に付き添い、再び船に乗って伏見の邸に帰るまで見送った。

家康は、長政の手を押しいただくようにして厚意を感謝した。

江戸にいる秀忠からは、二度にわたって長政に書簡を送って謝礼のことばを述べている。

家康が病床を見舞った一カ月後の閏三月三日、前田利家は六十二年の生涯を閉じた。

その後、伏見城には五奉行が一人ずつ交代で城番をつとめるようになった。長政は、

（家康公は内大臣であり、関八州二百五十五万石の領主である。なみなみの諸臣と同じく、伏見の向島の邸に住居し給うのは勢い軽きに似て要害も堅固ではない。伏見の城は空城であるから、内府に入ってもらうべきだ）

と考え、五奉行と三中老に相談したところ、

「もっとも至極である。われら交代で城番をつとめるのも煩《わずら》わしく、小勢の番衆では用心も悪いゆえ」

ということになって、閏三月十三日、家康は向島の邸から伏見城に移った。

このため、威勢いや増し、五奉行をはじめ家康に拝謁のため伏見城へやってくる大名は、にわかに多くなった。

江戸の秀忠からは、長政の肝煎《きもいり》に感謝するという意味の二十三日付の親書が届いた。

利家が死んだのち、加藤清正、黒田長政、細川忠興、浅野幸長、福島正則、加藤嘉明、池田輝政の七武将は相談して、在鮮以来の石田三成の旧悪をかぞえたてて、利家の子の利長に訴えた。

利長は父の忌中であるからとて、是非の判断を避けた。

七人衆は、さらば、というので伏見の石田邸へ押し寄せて打ちとろうと企てた。

三成が小身の時より仕えていた家臣に桑島次郎右衛門という者があって、この企てを聞き

こみ三成に報告した。

三成は平生から親しくしている上杉景勝、宇喜多秀家、佐竹義宣に相談した。

三人は、家康と戦って勝てるだけの兵を連れてきていないと答えた。

「それなら、内府どののふところにとびこもう」

と三成が言い出したのには、三人ともその大胆さに舌を巻いた。

「窮鳥 懐《ふところ》に入らば猟師もこれを撃たずとか申すでのう」

ニヤリと笑った三成は、兄の杢助を大坂の邸に残しておき、佐竹義宣の船に送られて、夜《や》陰《いん》に淀川を上って向島の家康の邸へ逃げこんだ。

七人衆は、伏見に押しかけ、向島の邸を囲んだ。家康は一夜明けると、自分の次男結城秀康に人数をつけて警護させ、いち早く、三成をその本拠たる佐和山城へ送りこんだ。

そして七人衆に使者を送り、

「秀頼公はいまだ幼少でござる。そのうえ太閤殿下薨《こう》じ給いてほどもなきに、闘争におよぶこと無礼の至りでござる。手前が和睦を扱うかぎりは、おのおの方のため悪しきようにはいたさぬ。まず軍勢をお引き取りあれ」

と申し入れ、三成のもとへは、中村一氏、生駒雅楽頭を使者として送り、

「いま天下の騒動、貴殿一人によって起こっておる。太閤殿下の喪中といい、秀頼公のご幼少のときといい、遺憾千万である。すぐに隠居されたい。子息隼人どのを拙者がもりたて、

貴殿の職をつがせて五奉行の一人に加え申そう」

　と申し入れた。

　三成は、

「拙者、友人どもと申し談じ、何分のご返事申し上げる」

　と答えて、上杉、佐竹を招いて相談したところ、上杉景勝のいうには、

「同心の儀、承知いたした。拙者はお暇をもらって帰国し、偽って謀叛の旗を立て、たとえ召されるとも上坂はいたさぬ。そのとき討手に下る方角からいえば必ず内府であろう。内府が下れば、その後で上方の諸将申し合わせて、石田殿が大将となって諸将と共に攻め下れば、拙者は会津より出て、内府を挟み討ちにすべし」

　これに対し佐竹義宣も、

「それがよろしゅうござる。さすれば、拙者も常陸《ひたち》から出陣して、力を合わせましょう」

　と答えたので、三成は安心して、お指図のとおり隠居いたします、と家康へ返答の使者を送った。

　家康が七人衆に、

「三成も佐和山に隠居すると申しておる。これでも堪忍ならずと申されるなら、拙者も石田と共に、貴殿らと一戦を交えねばならぬ」

　と申し入れると、七人衆も、

「三成が佐和山に隠居するとなれば、われらの面目も立ったと申すもの」

と答え、兵をまとめて大坂へ引き揚げた。

その後、前田利長は加賀へ帰国し、諸将も暇をもらって、それぞれの領地へ引き揚げた。

家康は、伏見城に結城秀康を置いて留守をさせ、自分は大坂の石田三成の邸に移り、九月十五日には大坂城の西の丸に入って、筆頭大老として、諸大名に命令を発して天下人の如く振舞い、増田長盛、長束正家に命じて、西の丸に大広間と天守閣を築造させた。

あくる慶長五年正月元旦より五日まで、諸大名旗本、のこらず大坂城において秀頼に新年のあいさつを言上《ごんじょう》、そののち家康の住む西の丸に参上、大広間において家康に新年のあいさつを言上した。

しかるに、上杉景勝は参上せず、使者をもって秀頼だけに年頭のあいさつを言上した。

家康は景勝の使者に対し、

「そちは早く帰りて景勝にかく伝えよ。天下の政務相談のため急ぎ上洛し、また秀頼公に直接お目にかかって、年頭の礼を言上すべしとな」

と申し渡した。

その返事の代わりに、越後の堀久太郎の家老堀監物から、早馬をもって、

「会津の上杉景勝が、武具をおびただしく用意し、彼地に砦をかまえ、他国への橋や道を作り、病気と称して参勤仕らずといえども、国にては狩猟などの遊楽にふけっております。ま

ことの病気にあらず、謀叛の疑いまちがいなし」

と報告した。

家康は、伊奈図書を使者として会津へやったが、景勝は、

「太閤ご在世の折り、五年のお暇を頂き、新領の会津を固めよ、とのご命令をうけておるので、上洛はいたしかねます」

とうそぶき、家康の命令をきこうとしない。

家康は、西の丸へ四奉行、三中老をはじめ諸大名を集め、

「太閤ご逝去後、いかほどもたっておらぬに、景勝謀叛におよぶ。大逆の罪のがるべからず。景勝を征伐して天下のいましめにせん」

と言い渡すと、諸将は口をそろえて、

「景勝は大敵なり、近国にてもし景勝に味方するものあれば、大軍をもって攻めずば効なし、家康公みずから諸大名を引率して、奥州へご発向あるべし」

ということになった。

家康が三千の兵をひきいて、会津の上杉征伐を口実に大坂城を進発したのは、六月十六日のことである。

長政は麾《き》下の兵五千四百をひきいて、諸将とともにこれに従った。

これに先立ち家康は、蜂須賀家から輿入れしている家政の娘を離別して、保科弾正《ほしなだんじょう》忠正《ちゅう》

直の息女（実は家康の姪）を自分の養女として江戸から伏見へ呼び寄せてあるから、後妻として娶《めと》るようにと、長政に申し入れた。

父の如水が秀吉に忠節であった以上に、自分は家康に忠節をつくし、家臣に父より尊敬されるようになりたいと心に決めている長政にとって、家康の命令は絶対であった。

彼は、妻のお艶を呼び寄せて、

「そなたと縁を結ぶこと久しく妻として何の不足もないが、黒田家にとって、そなたを離別せねばならぬ仕儀となった。いまとなっては、子供が生まれなかったことが幸いじゃ。蜂須賀家へ去《い》んでくれい」

と申し渡した。お艶も悪びれず、

「黒田家のおんためとあらば、いたし方ございませぬ。長らくお世話になりました」

ていねいに頭を下げて引き退った。

これが政略結婚を当然とされた、当時の夫と妻との別れ方であった。すべての感情は「家のため」という大義名分によって無視されていた。

記録には「有故」とあって、どういう理由か判然としないが、当時、石田三成は、家康の東下を知るや、追討の兵を挙げ、七月十九日には家康の拠点伏見城を囲み、在坂の諸将に命じて、東海、東山、北陸の三道から家康追討の軍を進発させた。

蜂須賀家の大坂玉造屋敷の高木法斎は、手兵《しゅへい》をひきいて北陸道軍に属し、加賀国まで攻め下った。

一方、当主蜂須賀家政の嫡男至鎮（実は家政の弟）は、家康に従って東下しているのだから、家康と三成を天秤にかけて有利な方へつこうと考えたわけである。

家政は徳島城にいたのを、わざわざ大坂城へ呼び出され、大坂方へ味方せよと迫られたが、

「嫡男至鎮は家康の陣営にあるので仕方がないが、豊家に恩顧《おんこ》のある自分は、大坂方に味方するが、病気中なので従軍できない。その代わり兵一万を差し出す」

と答えて、高野山に登り剃髪《ていはつ》して蓬庵と号した。

「阿波の狸め」

それを知った家康が聞こえよがしにつぶやいたというが、この辺に、蜂須賀家からきていた長政の妻を、急に保科の娘と取り換えさせた秘密のカギがありそうだ。

父の如水は中津にいて留守だったが、長政は父に相談することなく承諾して、六月六日、天満の屋敷に伏見まできて滞在している保科の娘を妻に迎えた。

輿は家康が居城としている大坂城の西の丸から出て、家康の家臣本多中務大輔が警護し、村越茂助が介添えとなって、黒田邸に入り長政の家臣母里太兵衛がこれを迎えた。

家康は引出物として則重の刀と稲葉志津の短刀を長政に贈った。

この結果、中国征伐以来、最も親密だった黒田・蜂須賀の関係は全く疎遠となった。

そうなることは百も承知のうえ、家康は、徳川家と黒田家が縁者となる道を選んだのだ。

長政は新妻との語らい十日足らずで、十六日家康に従って大坂城を発った。

長政と同行した外様《とざま》の諸将は浅野幸長、細川忠興、池田輝政、加藤嘉明、藤堂高虎、蜂須賀至鎮、福島正則、生駒一正、田中吉政、京極高知、山内一豊、有馬則頼、九鬼守隆、織田有楽、金森長近らで家康の譜代の武将を加えると、その軍勢五万八千四百人と称した。

如水《じょすい》の場合

一方、長政の父如水は「究極の勝利は家康のものだ」と信じながらも、もし争乱が長びくことあらば、別に自己独自の裁量を働かせる（天下を狙う）ため、その本拠地、豊前に起臥《きが》するのを得策と考え、前年（慶長四年）十二月、病気療養を理由に家康から暇を取って大坂を離れていた。

出発に際して長政に、

「わしは中津へ帰るが、いよいよの場合は形勢を見誤らぬように臨機に処置せよ。栗山善助と母里太兵衛を残しておくから、両人とよく談合せよ」

と言い残しておいた。

そして慶長五年の春には、船足の早い船を大坂と備後の鞆、周防の上ノ関に碇泊させておき、万一の場合は大坂の様子が三日のうちに中津へ届くように手配しておいた。

家康は、上杉征伐に出発するに先立ち、自分に味方すると申し出た加藤清正に感謝のことばを述べたあと、

「貴殿は武勇といい、知謀といい、天下に隠れなき者である。そのうえ、わしと縁者の関係でもあるから、帝都の守護のために貴殿を伏見に留めておきたいのであるが、九州の諸大名の内心もまた気がかりだ。急いで隈本城へ帰ってよくお計らいなさるように」

といって、九州へ追っ払っている。

如水が中津へ帰りたいというのを留めなかったのも同じ意味だ。

如水も清正も家康から敬遠されたのだ。

敬遠すると同時に、三成派と決戦する場合、九州の鎮定を二人にまかせておこうという計算なのだ。

その読みの深さは、おどろくべきことといわざるを得ない。

これより先、長政は東下に先立ち、天満の屋敷に留守居する栗山四郎右衛門、母里太兵衛、宮崎助太夫らに、

「三成がいよいよ兵を挙げれば、内府（家康）に通ずる諸侯の妻子を、大坂城内に収容する

といってくるであろう。そのときは、機をねらって母と妻とを中津へ下らせよ。もし、とうてい逃がす方法がなければ、まず母と妻を殺して、お前たちも自決してくれ。三成の毒手にかかって虜囚《りょしゅう》の辱《はずか》しめを受けるようなことはしてくれるな」

と申し渡していた。

果たして、長政の予言のとおりになって、三成はまず手近の玉造口の細川忠興邸に手を下し、妻子を城中へ収容せんとした。

細川ガラシヤ夫人は、みずから邸に火をかけ、死をもってこれを拒絶した。

長政の家老母里太兵衛と栗山四郎右衛門の二人は相談して、そのころ天満の町にいた納屋小左衛門という黒田家の出入り商人に、如水と長政の夫人を隠してくれと頼んだ。

小左衛門はこころよく承知して、自分の寝所の床板を畳一帖ほど切りぬき、その下に畳を敷き、いざという場合、そこに二人の女性を隠すように用意した。

長政の屋敷には、大坂方からすでに遠見《とおみ》の番をつけていることがわかったので、母里と栗山は、屋敷の後ろ、風呂場の壁の下に穴をあけ、母里は荒布の古い帷子《かたびら》を着て商人の姿となり、荷物を入れる籠を用意し、二人の夫人を俵包みにして、両方の籠に入れ、それを天秤棒でかついで夜陰にまぎれ、風呂場の壁にあけた穴からかつぎ出し、納屋小左衛門宅の床下にかくした。

ちょうどそのころ、如水が播州でひいきにしていた家島の船頭太郎左衛門というのが、船を仕立てて大坂へきていることがわかった。これ幸いと、太郎左衛門に頼み、二人をいれた籠を小左衛門宅から運び出した。福島の下伝法川と木津川の合流点には、大坂方が番所を設け、早船を浮かべ、屈強の武士が百余詰めて、女性を乗せた船の通行を見張っていた。母里太兵衛は、福島のあたりに小船一艘を浮かべて見張り人をおき、番所が手うすになるのを看視させていた。

薄暮のころ、夕食の時刻らしく、番所が手うすになったとの報告が届いた。

太兵衛は直ちに大きな箱二つを積んだ船を小左衛門に漕がせ、屈強の若党十五人を従え、舳先《へさき》に立った。

大男の太兵衛が二尺六寸余の大身《おおみ》の鎗に熊皮の杉型の鞘をはめ、青貝の柄の長さ七尺五寸二分の長鎗をかまえ、番所に船が着くと、ひらりと船からとびおり、番所頭の菅右衛門八に向かって、

「在所へ用事があってまかり下る。船の中が怪しいと思えばお改め下されい」

大声で言って、鎗の尻を音を立ててついた。

太兵衛と右衛門八は、かねてからの顔見知りであった。

太兵衛と後ろに並んで立った十五人の若党の面構《つら》えに恐れをなした右衛門八は、

「怪しいなどとは、とんでもない。どうぞお通り下され」

ぺこりと頭をさげた。

「さらば、失礼つかまつる」

と答えて、太兵衛らは再び船に乗り移り、箱に入った二人の夫人を乗せたまま、ゆうゆうと番所の前を通り過ぎて伝法川を下り、梶原太郎右衛門の用意した船に二人の夫人を乗せ、宮崎助太夫が守護して瀬戸内海を西航し、順風に恵まれて、四日目の七月二十九日中津の沖に無事到着した。

如水の喜びは非常なもので、二人の夫人の道中の辛労を慰めるため、中津城内に俳優を迎え入れて演劇を催し、家中の者たちにも観覧させた。

開戦前夜

七月十九日、秀忠は会津に向かうため江戸城を発ち、家康は二十一日に発って二十四日、下野《しもつけ》の小山に着き、思川を背後にした小山秀綱の廃城跡に本営を置いた。

家康は島田治兵衛を使者として、常陸の佐竹義宣の去就《きょしゅう》を尋ねさせたところ、

「家康公に別心はござらぬが、大坂に人質を置いているゆえ、会津に発向することはできない」

との答えであった。

家康が小山に着いた日に、三成が大坂で兵を挙げたとの飛脚便が届いた。

宇都宮まで下っていた秀忠は、蒲生藤三郎を留守に置いて小山まで駈けつけてきた。長政も先手として宇都宮まで下っていたが、福島正則とともに小山まで引き返した。

二十五日、本営にしつらえられた四間《けん》四方の仮屋の中で軍議が開かれた。

会津討伐を先にすべきか、上方征伐を先にすべきかについて、意見を問われたとき、長政をはじめ福島正則、徳永法印は、

「上杉征伐をさしおき、防備の軍勢を残して、上方征伐を先にすべきである」

と発言した。そのほかの諸将も同じ意見であった。

諸大将を美濃、尾張に先発させ、家康は様子を見てから東海道を上って後を追い、秀忠は上野をへて信濃に出、中仙道を上ることに衆議一決した。

伊達政宗は上杉、佐竹の押えのため、そのまま仙台にとどまることになった。

福島正則の居城清洲は、戦場の手前であるから、早く馳せ上り、城を堅固に守るべしということで、長政と共に先発することになった。

長政が相模の厚木まできたとき、家康の使者として奥平藤兵衛貞治が後から追いかけてきて、家康が用事があるから引き返せという命令を受けた。

長政が小人数を連れて小山にもどってくると、家康は別室へ呼んで、

「福島正則は、どちらに味方すると思うか。秀吉の子飼いの家来ゆえ、敵方に回るやも知れずと案じられるが……」

と、たずねた。長政はかしこまって、

「左衛門大夫はお味方になるものと存じます。ことに石田と仲悪く、三成にはよも従いは候《そうろう》まじと存じます。もし三成に欺かれ野心が出来ても、われらが理を尽くしていさめたれば、なんで三成のいうことなどききましょう。この儀はお心安く思《おぼ》し召《め》せ」

と答えると、家康は重ねて、

「われら美濃辺まで発向すれば、道々の城を借りて宿とせねばならぬ。もし、敵が美濃にて待ちかまえておれば、われらが別に在陣すべき要害はない。福島の清洲城は、美濃に近いゆえ、敵の様子では、清洲に久しく在城することもあろう。その間にわれらに城を貸すよう、そちの才覚をもって、福島を説得してほしいのじゃ」

「尾張辺にご上着の節、ご居城なくしては堅固とは申せませぬな。清洲の城にお入りなさるのが上策と存じます。城を明けることに、福島正則が異議を申さば、よく申し聞かせ同心いたさせます」

長政の答えに、家康は大いに喜び、長久手の陣の折り着用したしだの輿と梵字《ぼんじ》の采配を手ずから与えられ、

「万事よろしくたのむぞ」

とて、出発の際は、黒毛の、すぐれて大きな馬を二頭も曳き出させ、

「美濃国には大河多し。河越えには丈長の馬がよいから、この馬に乗るがよい」

と与えられた。

長政は、馬を急がせ清洲に到着し、福島正則に向かって、

「内府公お上りの節、この城を明けてお貸し下されいとのことでござる」

というと、正則は、

「一宿、二宿のことなら、差し支えござらぬが、久しく居城を明けることは、多くの家人の妻子までも路頭にたたせ、もしくは敵に捕われ恥をさらすことになろう。武士が戦場に臨む場合、家を忘れてこそ戦さにも勇気が出るものだ。わが家来たちが戦場に臨む場合も、あとに置きたる妻子の居所を心もとなく思えば、合戦のさわりとなるでござろう。大体、城を持つのは敵を防ぐのみならず、かようなとき、妻子を心安く籠《こ》めおくためなれば、この儀ばかりは承服いたしかねる」

と渋い顔をした。長政はここぞとばかりに、

「貴殿の申されること道理ではあるが、よくよく思案をめぐらされよ。このたび、内府が美濃において石田方と合戦におよばれること、天下の安否にかかわる一大事でござる。われらが身の上は申すにおよばず、妻子らの生死にもかかわることでござる。大事の合戦たること、これに過ぎたるはござらぬ。内府公お上りありて大敵を引きうけ、この地にご在陣のあ

いだ、総大将のご居城なくして野陣を取り給い、敵に心易く思われ侮《あなど》れなば、味方の弱り敵の強みとなり申そう。ここにおいて内府公ご勝利なく、敵の勝利とならば、貴殿の城の失われるのはもちろん、われらの妻子までも残らず敵のために殺され、大きな恥となり申そう。

ねがわくば、家人、妻子らの窮屈をしばし堪忍し、内府公、この城にこもり給い、諸大将先々へ動かば、軍勢の根深く芯《しん》堅くして、士卒必ずよく戦いを励むでござろう。

拙者の望むところは、貴殿より進んでこの城を内府へ貸し給うと申し出ることでござる。そのわけは、貴殿は太閤の旧恩のある人なれば、内府のお疑いを散ぜんがため、わざと城を離れて、二心なきしるしを見せ参らせ候えば、内府もお心安く感悦されるであろう」

というと、単純な正則は大きくうなずき、

「よく教えて下された。とうていわれらの思慮のおよばざるところでござった。貴殿のご意見は道理至極にて、こちらより進んで内府にこの城をお貸しいたそう」

「ありがたし、さっそく江戸へ注進いたそう」

こうして、江戸へこのことを知らせてやると、

「もし尾州《びしゅう》にて居城なくばいかがいたさんと案じておったに、甲斐守（長政）の才覚にて、福島の同心せしことは、こちらの望みに叶うたわ」

と家康は、声に出して喜んだし、このことを伝え聞いた、家康の通り道にあたる、駿府城

の中村一氏、掛川城の山内一豊、浜松城の堀尾吉晴、吉田城の池田輝政、岡崎城の田中吉政の諸将が、こぞって、

「当地をご通過の際は、ぜひともわが城をお使い下されい」

と申し出た。

十年前の秀吉の小田原征伐後、家康を関東へ移したとき、万一家康が逆心を起こして大坂城へ攻め上ってくるときは、必死でくいとめよ、と秀吉が東海道筋の要所へ屈強の者を選んで配置したのが、これらの諸将であった。その彼らが、秀吉が死んで二年たったら、みんな、家康のためにわが城を提供しようといっているのである。

彼らが、強いて自分の良心に言い聞かせている理由は、

「家康公が、秀頼公のために、上杉を討ち、石田を討とうとして起こされた戦さだ。それに協力するのに、うしろぐらいところがあろうか」

であった。

これらの諸将尾州に着いて、江戸から家康が上ってくるのを待ったが、一向に姿を見せない。

短気者の福島正則は、焦《あせ》りに焦って、諸将が清洲城に集結している中で、

「内府（家康）は劫《こう》の立て替えをするつもりか」

と、わめいた。

「劫の立て替えをする」とは、囲碁の術語で、碁石の生死を争っているところを見すてて、大石の勝負をいどむという意味である。

池田輝政が聞きとがめて、

「内府は、そのようなことをするお方ではない」

と弁護すると、

「おぬしごときに、それが何でわかる？」

と噛みついて口論となり、長政が、まあまあと中にわってはいるという一幕もあった。

ところが、清洲に諸将が集結してから半月後の八月十八日、家康の特使として村越義助が到着して、

「家康公のご出馬がないのは、ご風気《ふうき》のせいでもあるが、おのおの方が敵に何の手出しもしないからでござる。手出しさえなさればさっそくご出馬なされましょう」

と告げた。家康に味方するという口約束だけでは信用できぬ、まず、西軍に敵対することを実行によって示せ、というわけである。

軍監の井伊直政と本多忠勝は、家康からの伝言に、みんなが、どのような反応を示すかを、一瞬、固唾《かたず》を飲んで聞き耳を立てていると、福島正則がからからと笑い、

「わかり申した。さっそく手出しをいたしましょう」

おどけた口調で、村越の顔を扇であおぎながら答えたので、一同どっとばかりに笑い声を

あげ、異議なく賛同した。

一方、石田三成は、八月十六日佐和山城を発ち、美濃大垣城まで進出し、備前中納言、筑前中納言、島津薩摩侍従、島津中務、小西摂津守、福原右馬助、熊谷内蔵允、垣見和泉守、相良宮内《くない》少輔、秋月三郎、高橋主膳、丸毛三郎兵衛、木村惣左衛門、同伝蔵らを集めて軍議を開き、岐阜城主織田秀信と連絡をとり、不破の関跡に関所をすえて、街道をふさぎ、西国北国との往来をとどめることにした。

大坂その他の国々より馳せ集まる軍兵は、東は岐阜、西は山中、南は南宮山、北は伊吹山の麓まで、六、七里の間に充満し、野にも山にも陣を張った。

初めはその数十一万八千六百余と聞こえたが、その後さらに増えて十四万人余にふくれあがった。

清洲城では、一同軍議を定め、まず岐阜城を乗っ取らんと、八月二十二日卯の刻（午前六時）に、木曽川の上下に合計一万八千二百余が集結、狼煙《のろし》を合図に、いっせいに川を押し渡ることになった。

大手の先陣は福島正則、搦手《からめて》の先陣は池田輝政。岐阜の城は堅固の地で、大手には七百園などの切所《せつしょ》があり、そのうえ楼を開けて隙間もなく鉄砲を打ちかけてくる。搦手は深谷険岨《けんそ》で、獣も走ることができない。

こういう場所であったが、寄せ手は激しく攻め立て、搦手の池田輝政は、すでに山の後ろに回り、本丸の下荒神の森に攻め入った。

福島正則は、大手の門際まで攻め寄せたが、木造左衛門はならびなき勇士なので、大手の楼門にあがり、金の扇で士卒を指揮して防ぎ戦ったので、味方はたやすく攻め入れなかった。しかるに、木造が鉄砲にあたり、傷つき倒れたので、味方は勝ちに乗って攻め入り、右手の廓を破り、二の丸に攻め寄せた。

城主秀信は自害しようとしたのを、家来が押し止め、二の丸から笠を出して降伏した。池田は本丸の下まで攻め入ったので、秀信を受け取ろうとしたが、先陣は福島だということで、井伊、本多両軍監の扱いで正則に身柄を渡され、岐阜城は二十二日正午に陥落した。信長の孫の秀信は高野山に入り、翌年病死した。

長政、藤堂、田中、生駒らは、岐阜の町を早く出て、長良川にそって川下へ足を早めた。石田三成、小西行長、島津兵庫、宇喜多秀家らは、岐阜城の急をきき、二万余人をひきいて、合渡川の西の宿、川田の辺までやってきて、川の西にひかえた。

長政らの軍勢は、川の東からこれを望見したが、川の水が豊かで流れが早く渡れない。田中吉政軍は川下を探して加賀島近くの浅瀬を徒歩で渡り、長政軍はそれより川下の渡場を探して徒歩渡りすると、すぐ前に敵がいたので、黒田三左衛門も後藤又兵衛も、ほとんど同時に、先陣の名乗りをあげた。

敵の弾丸、雨の降るように飛来するのもひるまず、長政が勇みに勇んで進むので、諸卒も少しもひるまず渡った。

田中吉政と長政は同時に川を渡ったが、吉政は、はるかに川上だったのに敵に会わず、川下を渡った長政の前面は、敵陣に近くだったので、川向こうで早くも敵にぶつかったので、味方の諸軍にすぐれて先陣を果たしたわけである。

後陣《ごじん》の諸将はこれを見て、黒田に先を越されて無念なりと、われもわれもと争って馬を進め、渕も瀬も考えずに馬を乗り入れたので、溺れて死ぬ者も少なくなかった。

長政はすでに川を越えて、後陣の勢いまだつづかざる先に、敵をひとあてあてて追い散らさんと思い、合渡の町の西へ回り、そこにひかえたる軍勢の三成の大万大吉の旗を目がけて横合いから攻めかかった。

田中、藤堂の勢も後から突っかかった。

このとき長政の軍勢は千人足らずであった。

敵は大軍であり、味方はわずかであったが、長政はいささかもためらわず突っかかったので、石田、島津、小西らの勢、しばしささえて防ぎ戦った。

長政は石田の家臣渡辺新之介をみずから討ち取り、さらに三成の軍奉行《いくさぶぎょう》林半介と鎗を合わせ、しばし戦うところに、長政の家臣小河五郎が馳せ来《き》たり、半介と馬上で組んで落ち、首を取ってあげた。五郎はこのときまだ十六歳であった。長政は、自分の初陣のときを思い出して、感激ひとしお深く、その武勲を激賞した。

長政は味方の後陣のつづいてくるのを見て力を得、いよいよ勇んで戦ったので、敵は後陣より色めきたち、島津、小西がこれを見て、軍配をとり直し、

「敵は小勢なるぞ、陣を堅く守りて、敵に敗るるな」

と下知したが、後陣は背後から脅《おびや》かされると思ったか、裏くずれして引き退いたので、前陣もこらえきれずに引き退いた。

黒田、田中、藤堂勢は、三方より勝鬨《かちどき》を作り、わめき叫んで追いかける。

石田三成は馬上から、

「返せや兵ども、敵は大勢ではなきぞ」

と大声で呼びかけたが、大垣を指して逃げる兵は、浮き足立って耳に入らず、あるいは追い討たれ、あるいは堀、池、深田に落ち入って討たるるものおびただしくあった。

合渡から呂久川まで、二里の間に、手負い死人の多いことその数を知らず、黒田、藤堂、田中の諸軍は、深追いをせずに引き取り、赤坂の虚空蔵山《こくぞうやま》の近辺に陣をしいた。

翌二十四日には、岐阜の城に向かった軍勢も、おいおい赤坂へ馳せ来たり、赤坂の宿の南にある、岡山という三町四方の小山を、家康の本陣に当てることにして、その到着を待った。

岐阜城の落城と大垣城を出た敵を長政らが合渡川の渡しで撃破したとの報告をきいた家康は、九月一日二万二千余騎を従えて江戸を発ち美濃へ向かった。

秀忠は三万八千余騎を従え二十四日宇都宮を発ち、東山道を上り始めた。秀忠は書状をもって長政に刻々と、自軍の動静を伝えてきた。「真田《さなだ》軍を討ち破ったのち、そちらに合流する」決意を述べている。

いよいよ、徳川軍が動き始めたのである。

このとき、長政は考えた。

（東西の兵勢を比較してみるに、家康は古今の良将であり、つき従う諸将も、みんな英傑ばかりである。しかし敵方にも島津、小西のほか武勇の士が多い。ことに敵は大軍にて要害よきところに陣取りたれば、内府公（家康）お上りご合戦あらんとき、その勝負計り難い。いかようにもして計略をもって、敵の大名を味方に引き入れ、返忠《かえりちゅう》をさせなければ、味方の軍利はあり得ない。筑前中納言（小早川）秀秋には、その家老に平岡石見頼勝という縁者がおる。そのうえ河村越前之正という家来は、黒田家の家老井上九郎右衛門の弟である。秀秋は筑前の国主であり、そのうえ、肥前、肥後のうち四郡を有する大軍である。彼をすすめて味方にすれば東軍の勝利となろう）

長政は、家臣大久保猪之介、神吉三八の二人を使者として秀秋に返忠をして欲しいとの手紙を、紙よりにして笠の緒に巻きつけ、平岡石見に手渡させた。

石見はこれを読んで、同じ家老の杉原伯耆に相談して、主君の秀秋に見せた。

秀秋も、かねてから伯母の高台院湖月尼（秀吉未亡人北政所ねね）から家康の味方をするよう言いふくめられていたので、直ちに賛同した。

双方、人質を交換しようというので、長政の家臣吉田小平次と大久保猪之介を小早川方へ送り、秀秋方から平岡石見の弟出羽を黒田陣営へ連れ帰って、ここに返忠の約定が結ばれた。

一方、大坂城に入城している毛利輝元の一族の吉川《きっかわ》広家は、吉川家の長男元長が死んだとき、黒田如水の取りなしで吉川家を相続したこともあって、かねてから家康の味方をしようと考えていたので、服部治兵衛、藤岡市蔵という二人の家来を長政のもとにひそかに送り、その意を伝えた。

長政は、このことを家康に伝えるため、まだ江戸城で待機している家康のもとに、二人の使者に自分の家臣小河喜助をつけて送った。

家康はこれらの使者に対面し、羽織と黄金を与え、八月八日付で長政に厚意を謝する意味の手紙を送っている。

その後、長政は、吉川広家に、念のため人質を出すよう要求したので、広家は粟屋彦右衛門の子十郎兵衛を人質に出し、家老の福原式部も弟右近を人質に出した。

一方、如水は中津から八月一日大坂城内の吉川広家にあてて密書を送り、東軍に応ずることを勧め、人質の安全を計るよう依頼している。

また八月四日、さらに広家に密書を送り、

「天下の成り行きぜひにおよばず、かようあるべきと、つねづね分別仕り候ゆえ、おどろき申さず、日本がどのように変わろうとも貴殿とわれらは変わるまじく候」

と念を押している。

関ヶ原合戦の当日、吉川広家は、南宮山の裾に陣取って動かず、その上に陣をしていた長束正家、安国寺恵瓊の軍も、下にいる吉川広家の軍が動かないので釘づけの状態になり、観戦ばかりしているという結果となった。松尾山に陣取る小早川秀秋軍が、西軍から東軍に寝返る状況は後述《こうじゅつ》のとおりだ。

関ヶ原合戦

家康は九月一日江戸城を進発、二日神奈川に宿陣、十日尾張熱田に到着、十一日清洲の城に入った。

軍兵《ぐんぴょう》は城中にあふれ、町内から近村に充満していた。

清洲には一日逗留して人馬を休め、十三日、岐阜城に入り、翌朝、大垣城の敵の眼に触《ふ》れぬように長良川を越え、横大路、呂久川を渡り、西の保片山を経て、赤坂のうしろ虚空蔵山と南禅寺山との間の金地越を通り西へ出ると、赤坂に在陣の諸将は途中まで迎えに出て拝謁し、家康は諸将にこれまでの労をねぎらった。

このとき、軍監本多忠勝、輿のそば近くに寄り、あたりの人に聞こえないように、

「黒田甲斐（長政）殿の計策により、筑前中納言秀秋殿お味方に参り返忠をされる由にて、甲斐守殿より互いに人質を取り換わし、堅く契約されし由でござる」

と報告した。それを聞いた家康は、

「筑前中納言、味方に参り返忠せんと申し来たった由、合戦はもはや勝ちたるぞ」

と輿の中から、わざと高声で告げ知らしたので、諸将の喜び勇むことしきりであった。

家康が西の保片山を通ったとき、安八郡八条村瑞雲寺の禅僧が大きな木練柿を献上した。

家康はそれを受け取ると、

「大柿（大垣）すでにわが手に入りたるぞ」

と大声で喜んだ。

すべて、味方の士気を鼓舞《こぶ》せんためのゼスチャーであることはいうまでもない。

十四日午の刻（正午）岡山に着いた。

石田三成らのいる大垣城の北西五キロの近くであった。

三成は、このときはじめて、家康が目と鼻の先に出現したことを知った。文字どおり、青天の霹靂《へきれき》であった。

家康は岡山に着くと直ちに軍議を開き、

「敵は、われらがここに着いてより、人馬を休めるため一両日過ぎてより大垣を攻めると考えておることであろう。その裏をかいて、敵の備えなきを攻めて、不意を衝くが上策ぞ。明日は未明より大垣に押し寄せると、直ちに陣触《じんぶ》れせよ」

と申し渡し、諸軍の部署を定めた。

そのとき、とくに長政を呼び出し、

「筑前中納言、味方に参るべきの約束、ひとえにそなたの才覚じゃ。明日は必ず合戦をするつもりじゃ。中納言へこのことを知らさずば、油断して手はずあわざることもあるべし。そなたより中納言に、しっかりした者を一、二名つかわし、あすの合戦の用意をさせ、油断すべからずと申し伝えよ」

と言いわたした。

長政はわが陣に帰り、

「誰か小身《しょうしん》な者で今夜、松尾山へ内通に行く者はおらぬか」

といっているところへ、南臥源次、恵良弥六の二人が、

「私めが参ります」

と申し出たので、長政は褒美《ほうび》として知行《ちぎょう》の折り紙を与え、小早川秀秋の家老平岡石見あての書状を託した。

竹中丹後守は、この辺の領主だったので、家来の中から選んで、道案内として二人をつけた。

四人は連れだって、敵陣の方を避けて、脇道を通り、松尾山に着いて平岡石見に書状を渡し、約諾《やくだく》の返書をもらって帰る道筋に、敵大勢立ちふさがっていたので、竹中丹後守から添《そ》えられた道案内の二人は松尾山に引き返した。源次と弥六の二人は、

「明日の合戦に裏切りせんとの約諾の書なれば、合戦の始まらざるうちに持ち帰らずば、われら敵に討たれて先に届かないか、中納言殿の返忠ご了承なきかと、内府公も殿様もご心配されよう。もしわれら帰る道で討たれ、この返書敵に奪わるとも、中納言の心変わりが敵陣にもれ、敵の気屈して動き自由なるまじ。味方の不利になることは少しもあるまい。討たれてもよい」

と話し合って、敵陣の中を必死で駈けぬけて、無事に返書を長政に手渡した。

同じころ、家康の岡山の本陣に物見の武士が帰ってきた。

「敵の人数は、いかほど集まっておるか」

家康の質問に、

「敵陣を見計い候に、十五万の人数にて候」

と答えた。

田中吉政の出した物見の兵は、

「敵の数、十万余もあるべきかと存じ候」

　と報告した。

　長政が物見として出した毛屋主水《もんど》という武士は、先年の朝鮮の陣に加わり、明の大軍を一人の武略で追いくずした武功の者だった。

「その者を呼べ、直ちに問いたい」

　と家康の声に、主水はかしこまり、

「敵の勢二万ばかりと見ました。ご合戦あらば、勝利疑いなしと存じます」

「先に帰りたる物見は、あるいは十一万、十五万と申した。そちは何と見て二万ばかりと申し立てたか」

「敵の総勢は十四、五万もあるべきように見えまするが、敵は遠き山上に陣取っておりますれば、平場《ひらば》の合戦に下り合うて、助けることとなり難しと思われます。そのうえ、峰々に陣取りおりし敵は、山下の軍の勝負を見合わせ、成り行き待ちと見ました。ただいま差し向かいたる敵は三万はおりまするが、そのうちに雑兵《ぞうひょう》がまじっておりまするから、二万ぐらいと申し上げた次第でござります」

　家康は大きくうなずき、

「さてさてそちはよく見積もりたる巧者なるものよな。そちが申すごとく、さしあたる敵は島津、小西、石田が勢二万でなくてはならぬはずよ」

と感悦浅からず、前にあったまんじゅうを手づから取って主水に与えた。

家康としては、最初から敵の数はおよそわかっていたのであるが、士卒に聞こえさせるためにいわせたことであった。

この日、石田三成は大垣城に諸将を集めて軍議を開き、

「味方の諸勢は、遠い山上や山中の宿場の彼方に陣をしき、この大垣城はわずか二万の小勢がおるだけじゃ。大敵に攻められたら、ひとたまりもない。まず、大垣城を出て関ヶ原の要地に陣し、垂井、野上の山の間を前にあてて、一戦におよんだとき、戦い半ばに南宮山の諸将が横合いからおろしかけて戦わば、必勝疑いなしと存ずる」

三成の発言に、一同賛意を表わし、大垣城に留守居を置いて、今夜のうちに関ヶ原へ出撃することになった。

(これには、家康が忍者を敵陣の中に放って、西軍は三成の佐和山城を落としてから、一気に大坂城を攻めるつもりだ——という流言を放ち、それが三成の耳に入っていたということも原因していた。「わが本拠佐和山を攻められてはならぬ」と三成が焦ったのだ)

十四日の戌《いぬ》の刻(午後八時)一番に石田、二番に小西、三番に島津、四番に宇喜多諸軍が順番に大垣城を出て関ヶ原へ向かった。

月が曇《くも》って、暗かったが、わざと火をともさず、馬には縄くつわをはめた。

大垣を出たころ、早くも雨が降り出したが長宗我部の陣所、栗原山のかがり火を目当て

に、野口村を通り、南宮山のうしろ牧田の道筋をへて関ヶ原へと急いだ。

折りから大雨となり、暗さは暗し、道はみえず、深田、みぞ川の難所も知らず、道なきところ、大勢迷いながら進んだ。

「せめて、雨がやんでから、陣替えすべきに、内府の着陣をおそろしく思うて……」

兵士たちは、口々に不平の声をもらしながら進んだ。

石田隊が関ヶ原に着いたのは、十五日午前一時ごろで、四里半（十八キロ）の道を五時間もかかっており、それから木柵をつくったりして、陣がまえをし眠る間とてなかった。

一方、家康は、西軍の主力部隊が大垣城を出て関ヶ原に向かった、という報告をきいたときは就寝中であった。

「しめた!!」

とばかりに褥《しとね》を蹴って起き上がり、同衾《どうきん》していた於奈津の方に手伝わせ、五十九歳とは見えない敏捷さで身支度をととのえると、ただちに関ヶ原に向かって進撃を命じた。

全軍、十五日午前三時に行動を開始、「山か川か」を合言葉に、二列縦隊で中山道を進んだ。

夜来の雨はなおやまず、濃霧立ちこめ、視界も定まらぬなかを、午前五時ごろには関ヶ原に到着、丸山より関ヶ原の西端にわたって兵を展開した。

「およそ将たるの道は、士卒の気を振るい起こすをもって肝要とす。士卒の気を振るい起こせば、怯き者も必ず勇みて、一同に勇気を励ますものなり。士卒の気は進むをもっていさみ励ますことになるに、治部少輔（三成）ら、今日内府公の御着を聞きて、大垣より退き、夜中に四里半の道をたどり行き、雨にうたれ人馬を疲れさしたること、あたかも逃げて引くがごとくなれば、諸人の気、衰え弱り、関ヶ原の合戦に勇気振るわざることむべなり。もしまた関ヶ原に引き退きて戦うによろしくば、久しく内府公の御上りなき間に、何とて早く退きて陣をとらざるや。兵の謀《はかりごと》は、あらかじめにするを良しとす。何ぞ内府公の御上りを待ちて、にわかに陣替えをせんや。これ石田が謀の拙《つた》なきところなるべし」

「黒田家譜」が批評しているように、大垣と関ヶ原の直線距離は約十五キロ、しかも夜間のどしゃ降りの中のぬかるみに悩まされながらの行軍なので、西軍は六時間もかかり、不眠と疲労でかなり弱っていた。

これに反し東軍は、赤坂と関ヶ原の距離は約五キロ、しかも足もとのたしかな中山道の行軍なので、二時間しかかかっておらず、そのうえ午前三時出発なので、それまでぐっすり眠っていた。

西軍と東軍のあいだに、体力において、かなりのハンディのあったことは否《いな》めない。

ともかく、十五日午前六時の時点で、東西両軍は、勢揃いを終わって対陣した。

家康は桃配山に本陣を置き、黒田長政、細川忠興、加藤嘉明、田中吉政、筒井定次、松平忠吉、井伊直政の諸隊は、石田、島津、小西の諸隊の前面に、福島正則隊は、宇喜多、大谷隊の前面に、福島隊の横には藤堂高虎、京極高知の諸隊、その後ろに本多忠勝、さらにその横に織田有楽、古田重勝、金森長近、生駒一正の諸隊が布陣《ふじん》した。

雨は、そのころには止《や》んで、関ヶ原は霧の幕に閉ざされていた。

東軍に集まった大名は九十一、総石高《こくだか》九百二十万石、総兵力十万余、西軍の大名は百九、総石高九百二十七万石、総兵力十万八千。

明らかに西軍のほうが優勢であった。

戦いの幕は、風が出て霧の晴れかかった午前八時ごろ、徳川軍で常に先鋒の家格を誇る井伊直政の突撃によって、切って落とされた。

「チッ、おくれてなろうか」

これを望見して、歯ぎしりを鳴らした福島正則の、八百人の銃隊が、中山道の南側から、北側の宇喜多隊に向かって、いっせいに射撃した。

この銃声が、東軍諸隊の攻撃の合図となった。

長政は、この辺の土地の案内を知った竹中丹後守を連れ、他将と離れて岩手山の末野に出た。

ここから間道《かんどう》を通って伊吹山の麓の相川の北に出、笹尾山に陣する石田三成隊の横合いから攻めかかろうという狙いである。

三成の家老島左近隊と福島正則隊、井伊直政隊が激戦を展開、島左近隊が、やや優勢に見えたころ、岩手山の間道から出てきた黒田長政隊が、島左近隊の横合いから攻めかかった。

長政の家来白石正兵衛、菅六之助らは、足軽を引きつれ、右の方の少し高い所に走り上り、鉄砲の上手《じょうず》五十人に、いっせいに射撃させると、島隊の兵多くうたれ、左近も太股に弾丸が当たって落馬した。その子の新吉は戦死した。

左近は部下の肩にすがって、柵内に逃げこむのがやっとであった。

やがて「大万大吉」の旗じるしのもとにいる笹尾山の三成のもとにたどりつき、伊吹山を目ざして逃げ再起をはかるという三成と別れて、再び戦場に取って返して戦死することになる。

とにかく、島左近が長政隊の鉄砲によって傷ついたことが、石田隊の戦力を急に弱めたことは事実である。

長政の部下で三成の本軍と戦って多くの首を取り、功名手柄をたてた者は、後藤又兵衛をはじめ十数名いた。

正午過ぎ、戦いは酣《たけなわ》となり、西軍のほうが少し押し気味に見えた。

小早川秀秋の裏切りの約束をとりつけている家康は、秀秋がもう実行するか、もうやるかと、やきもきしているが、一向にその気配がない。

たまりかねた家康は、長政のところに使者をよこし、

「筑前中納言の裏切りの遅いのは、われらを欺《あざむ》きたるにあらずや」

と、詰問してきた。

長政は、あれだけ堅い約束をしたのであるから、異変はあるまいと、弁舌に巧みな榊伝兵衛という家来をつかわし、自分の考えていることを家康に伝えさせた。

家康も、さもあらんと思ったか、榊伝兵衛に羽織を与えて、感謝の意を表した。

そんなところへ、黒装束をした武者一騎、家康の本陣へ駈けこんできて、

「筑前中納言、裏切り仕らんと思えども、旗色敵とも味方とも知れず、心もとなき由にござります」

と馬上のままで言上すると、

「しからば、福島が手の鉄砲を二十挺組にして、二度、松尾山に向かってつるべ打ちさせよ」

と命じ、御使番《おつかいばん》の士をさしそえて黒装束と共に走らせた。

やがて白い笠符《かさじるし》をつけた足軽二十人、松尾山に向かって鉄砲を二度にわたって、つるべ打ちした。

しかし、秀秋の軍勢は、打ち合わせしたとおり松尾山から下《くだ》ってこようともしない。

そのころ、松尾山では長政より人質として差し出した大久保猪之介が、秀秋の家老の平岡石見のそば近くに寄り、

「はや敵味方入り乱れ、戦さの最中と見え候に、裏切りの手だて見えざるは、わが主君甲斐

守（長政）をあざむき給うてか。もしさようなれば、八幡大菩薩もご照覧《しょうらん》あれ、ここをば立ちのかせ申さじ」

と詰めよると、石見ははたと猪之介をにらみ、

「お前らの知るところではない。裏切りのよき時節は、わしにまかせておけ。まだ時機が早いと待っておるところだ」

麓《ふもと》に展開している合戦から目を離さずに、噛みつきそうな顔をして怒鳴った。

秀秋の兵は、いまは亡き名将小早川隆景が鍛《きた》えた百戦錬磨の兵だったので、いつ山を下って攻め下ったら、損害少なく効多きかと、潮刻《しおどき》を計っていたというわけである。

やがて島左近の兵が破れて、東軍が攻めかかるのを見届けるや、平岡石見は、

「かかれや、かかれ」

大声で叫んで、采配を振った。

小早川勢一万二千は、数百挺の鉄砲を発するや、怒濤のように松尾山を下って、西軍の大谷吉継の陣営に突入した。

それを見るや、大谷隊の組下にありながら、いままで何もせずに傍観していた脇坂安治、朽木元綱、赤座久兵衛、小川左馬助の兵五千が、小早川の軍勢につづいて大谷陣営に攻めかかっていった。

この秀秋の裏切りが、関ヶ原合戦の勝敗を決したといってよい。

それまで押され気味だった東軍は、勢いづいて西軍に殺到した。

この情勢を見ていた家康は、馬上に立ちあがるようにして、

「われ勝てり、総軍馬を入れよ」

と命じた。

御先手《おさきて》の諸軍、旗本の前備、われおとらじと総がかりに敵中へ駈け入った。

長政は、石田三成軍が逃げるのを追って、伊吹山の半腹まで登ったが、散りぢりになったので、あきらめて、小早川秀秋の陣所へ行ってあいさつしたのち、西の平地へ移った家康の本陣へ行った。

彼は、前夜、屈強の兵十五人を指名し、あすの戦いに、自分の身辺を離れるなと命じ、

「抜けがけして、たとえ大将の首を取っても功名とはしない」

と申し聞かせ、前記のように石田三成の陣に突入し、なんとかして自分の手で三成の首をあげようと心がけたが、ついに三成にめぐり逢わず、目的を果たせなかった。

長政が家康の本陣に入ると、首実検をしていた家康は、それをやめて、わざわざ立ってきて、

「今日の合戦に勝利を得しこと、ひとえにおぬしの計策あればこそである。また、いまに始まったことではないが、今日の戦さに手を砕き忠節を励まれ、敵の張本人石田軍を追いくずされしこと、その手柄比類なきことである。この忠節報じがたし、代々黒田の家に対し粗略

にはいたさぬ」

といって、みんなの見ている前で、長政の右手をとっておしいただくようにした。

(このときのことを、後に父の如水に話したら「家康に右の手をおしいただかれたとき、左の手は何をしていた」と皮肉を言ったことは、よく知られている。たとえ豊前の辺地にいても、家康と三成の戦いが長びいたり、家康が負けるようなことがあれば、九州勢をひきいて上洛し、三成と天下を争ってやる——というのが、このとき五十五歳の如水の心意気であった)

家康は、関ヶ原戦が終わると、その夜から三成の佐和山城攻めに取りかかり、十七日に落城させ、十九日草津に着き、勅使を迎え、二十日から数日大津に滞在した。

大坂城にいた毛利輝元は、家康のいた西の丸に移っていたが、二十二日長政をはじめ池田輝政、福島正則、藤堂高虎、浅野長政、有馬玄蕃頭《げんばのかみ》が大坂城に着き、輝元の住んでいた西の丸館を接収、輝元は長政を通じて謝罪したので家康から許され、木津の下屋敷に入った。

石田三成は十月一日、安国寺恵瓊、小西行長と共に、市中引き回しの上首を打たれたが、三成が大津城の城門の柱に縛りつけられ、登城する諸将たちの大半が、罵詈雑言《ばりぞうごん》を浴びせて通り過ぎるなかにあって、長政は、わざわざ立ち止まり、丁寧に頭を下げ、

「このたびは、不慮の儀出来《しゅったい》し、貴殿の成り行きかくの如くなりたること、無念千万でござろう。さりながら昔から、かかる例《ためし》も多いこととて恥辱と思われるな」

とあいさつすると、三成は顔を上げ、

「かくなりては、誰一人として哀れという人もなきに、まことに情深く思い候」

と答えて、頬に涙を走らせた。

関ヶ原戦の論功行賞《ろんこうこうしょう》がおこなわれるとき、家康は本多忠勝を呼んで、

「甲斐守は中国筋の二カ国がよいか、異国防御に大切な筑前国がよいか、内意をきいて参れ」

と申しつけた。長政は忠勝の質問に、

「豊前に代わって、大国をたまわるとの御恩賜りまずもってお礼を申し上げる。ことに都に近い中国にて二カ国は、もっとも望むべきところでござるが、この後天下太平になれば、日本において、ご恩を謝し奉るべき弓矢も起こりますまい。筑前の守護は古来の都府の地として、ことに異国防御のため先鋒の場所でござれば、武門の大望これ以上はござりませぬ。さればは中国にて二カ国拝領いたすにまさりて願うところでござる」

と答えたので、豊前の地より三十四万三千石多い、築前一国五十二万三千石と決まった。

いよいよそのお墨付をもらう日、長政の家臣黒田三左衛門、後藤又兵衛、小河嘉助、菅六之助らは、特に家康の面前に召されて、その武功を賞せられた。

長政は十一月十七日大坂を出て豊前に帰着した。

如水奮戦

長政の出陣中、如水は豊前の中津にいた。家中の精鋭はあらかた長政に従い、如水の手もとにはいくらも兵が残っていなかった。そんなところへ、石田三成の密使がやってきて、

「故太閤殿下の深いご恩を受けた貴老に、ぜひお味方に加わっていただきたい。ご同心なれば、急ぎお上《のぼ》りあって、諸事ご指南にあずかりたい。武功者として名高い貴老がお味方下されば、味方はいかばかり勇み立つかもしれませぬ。戦いに利運あり、秀頼さまが天下を治めたまう世になれば、ご領国はいかようにもお望みにまかせ申す。なお甲斐守どの（長政）も急ぎお呼び返しなされたい」

という三成の口上を伝えた。

如水は、みずから使者に会って、

「愚老はいかにも太閤様に人並み以上のご恩をこうむっておる。したがって秀頼様のおんためとあらば、決して疎略にはできぬ。なれど賜わるべき領地については、先に確かに決めて

おかぬと、あとでめんどうが起こりがちなものだ。もし、当九州において七カ国をたまわるならば、お味方して、家康退治のご計略に粉骨砕心《ふんこつさいしん》いたすでござろう。ご承諾くださるなら、誓紙をいただきたい」

と答え、宇治勘七という家臣を誓紙見届役として三成の使者に同伴させて上坂させようとした。

家臣たちは、如水の真意がわからず、きびしく諫言すると、

「お前たちは、にぶいのう。いま九州の大名どもは、あらかた石田方だ。小早川、毛利、筑紫、竜造寺《りゅうぞうじ》、鍋島、立花、小西、秋月、相良、高橋、伊東、竹中、中川、島津などみんなそうだ。徳川方は、細川と加藤しかおらぬ。しかも細川は主人は東国に下り、家来が少しばかりいるだけじゃ。うかつな返事をしては、この無勢な中津は、すぐに四方から攻めかけられる。石田は、わしをだまそうとしておるのだ。だからわしも、石田をだましているのよ。こうしてあしらっているうちに、戦さ支度をととのえておこうという算段よ。まあ黙って見ていろ。おれはまだ老いぼれはせぬ」

カラカラと笑った。

大坂屋敷に留守居していた母里太兵衛、栗山四郎右衛門から、野間源兵衛という者を使者にして、石田三成が乱を起こし毛利、島津、小西らと謀り家康が留守にしている伏見城の攻撃を準備している——という報告をもたらしたのは七月十七日のことである。

それをきいた如水は、わざと大声で、

「天下分け目の兵乱は起きたり、いそぎ出陣の用意をせよ」

と聞こえよがしに言った。

如水は、かねてから家康の寛仁大度《かんじんたいど》な人柄に心酔し、古今にすくなき良将であると尊敬し、小田原の陣に加わったときにも、家康の本陣を訪ねて話しこみ、天下を治むべき器量ありと察し、秀吉の死後は、この君にこそ天下の人は帰服するだろうと信じていた。

彼は直ちに、井上九郎右衛門、久野次左衛門、野村市右衛門らの家老を召し出し、

「上方に兵乱が起こった。わしは二心なく内府公（家康）に属するつもりである。いそぎ軍勢をもよおし、まず九州の敵をことごとく平らげ、中国へ押し渡り、毛利家の領分の国々を退治し、広島を焼き払い、その後兵船を播州室の津にあつめ、姫路へ押し寄せたらば、わが故郷なれば、わが手なみのほどは国人のよく知れるところである。近国もことごとく従うべし。それより都へ攻め上り家康公に忠節をつくしたいと思う。目下、この城を修理のため普請中であるが、直ちに中止し、いそぎ出陣の用意をせよ」

と命じた。

そのとき、家老たちは口を揃え、

「仰せの次第は心地よくはござりますが、われらの存ずるには、御家人《ごけにん》ども多く長政公のお供をして関東へ参っておりますれば、残る軍兵は甚だ少のうござります。九州はことごとく

石田方に属して大敵でござります。この小勢をもって討って出、大敵と戦わば、勝利を得ることはござりませぬ。いま天下の大乱に臨める時節でござります。さいわい城の修理にかかっておりますれば、塀、矢倉などの破損を修復して堅固になされ、敵来たらば籠城のお覚悟しかるべきと存じます。そのようにして世間の成り行きを見合わせて、よき時節に打って出て合戦をなさるべきと存じます」

と言上すると、如水はカラカラと笑い、

「お前らは、永らくわしに仕えながら、わしの能力を知らぬか。長政が家来を多く連れて関東へ下り、残る兵が少ないことくらいは、わかっておる。しかし、味方小勢なれども、勝つべき方法がある。このたびの戦いには大勢はいらぬ。そのほうたちを先陣とせば、後陣には比丘尼《びくに》を備えおきても戦さには勝てるぞ。

豊後七人衆、毛利壱岐守らはわが脚下にあり。かの者ども、われらを知らずして、この城へ寄せてくるであろう。彼らに押し寄せられては、わが半生の武勇も衰えるであろう。ただちにこちらより出撃し、九州を片っぱしから攻め平らげれば、いらぬ気遣いをすることはない。

いまの時節は、わが居城にたてこもり、敵を引きうけ戦うはよろしからず。国の外に討って出て、敵を領内に入れずして、勝負を一戦に決するこそ勝利の道である。居城を頼りにすれば、出合いの戦い、必ずおろそかになるものぞ。さりながら、国境の小城は修理を加えて堅固にし、わしの後詰めを待て」

と命じ、中津川の城普請は中止し、勘定奉行杉原氏に命じて、天守に蓄えた金銀を数多く出させて、広間に積み上げさせた。

そして、

「長政東国へ発向して家人を多く召しつれたれば、残る人数少なし。何者でもよし、われと思わん者は、貴賤を問わずこの金銀を与えて召し抱えるであろう」

と領内へ触《ふ》れ出させ、たとえ、僧侶でもよいから出陣せんと思う者は召し抱えることにした。

「大将たる者、常に万事に倹約を守って、無用の出費をしないのは、このようなときに使うためである。平生多く積み置きたるものなれば、軍用に不足はしないはずじゃ」

とまず家中の諸士に分け与えたのち、貝原市兵衛、杉原一佐らに金銀を多く預けておいて、集まり来る浪人を召し抱えたところ、三千六百余人に達した。

このほかにも領内の百姓にも、刀や脇差をさして出陣する者には褒美をやる、といったので、多くの者が集まった。

如水の妻、長政の妻、それに加藤清正の妻までが大坂城下を脱出して中津川に無事に着いたのは、このころである。

如水は喜び安心し、さっそく小船に二人の家来を乗せて中津川から漕ぎ出し、豊後国国東郡の垣見和泉守家純の富来の城、同郡の熊谷内蔵允直棟の安岐の城を海上よりひそかに巡見し、丹後宮津の城主細川忠興の飛地である木付（杵築）の城下に船を着けさせて上陸し、家老の松井佐渡、有吉四郎右衛門に会って、城の不備なる点を指摘し、早く修理するよう忠告した。細川忠興と息子の長政が家康の配下にあって親友であることを知っているからである。

八月中旬、如水は家老を呼び出し、九月九日、東へ向かって出陣するから用意するように命じた。

家老たちが評議したうえ、

「家康公、いまもなお関東におわしまして、上方へご発向とは聞いておりませぬ。また上方ご合戦の注進を聞いてのちご出陣しかるべしと存じます。私に軍を動かすこと、いかがと存じます」

反対意見をのべると、如水は鼻の先で笑い、

「治部少輔（三成）の叛逆は、すでに明らかである。このうえは、内府公（家康）のご発向のときは聞くにおよばぬ。九州にある石田の党類を討つべきじゃ。内府公ご発向のことを聞きてのち、わが軍事を起こさば、すでに上方で合戦ありてのちのこととなろう。そんなことをすれば、敵味方の勝敗を考え、時節を待つに似て、武道の本念ではない。いまだ内府公ご発向の注進なき間に兵を起こし九州を平らげてこそ、如水の内府公への忠義となるというも

のぞ」

と言いきかせた。

そんなところへ秀吉から豊後の国主を追放された大友義統が、大坂城にいる毛利輝元や増田長盛に尻を叩かれ、豊後の七人衆のうちの在国の者、豊前小倉城主毛利壱岐守らと謀り、黒田如水を攻めほろぼさんということになり馬百匹、具足《ぐそく》百領、鎗百本、鉄砲三百挺、銀子《ぎんす》三千枚を与えられ、豊後へ攻め下る――という情報が、大坂屋敷から早船で届いた。

如水はもと大友に仕えていて、いま浪人している大神大学という男に、宇治勘七という家来を添えて、周防の上の関までやり、大友義統あての親書を托した。

それには、朝鮮出陣の時以来、そなたには異心《いしん》はないとの意味が書いてあった。

しかし、秀頼から豊後一国を与えるという約束をしてもらった義統には、如水に同心する気持ちのないことがわかった。

如水は九月九日、九千余の兵を八軍に分けて中津城から出陣、その夜は高森城に泊まり、翌十日、城の東の野原に全軍を勢揃いさせ、大友征伐の趣旨を説明した。

同じ日の朝、大友義統は豊後国速見郡脇浜に上陸、まず木付城を攻め取らんと、むかし大友家に仕えていた田原紹忍、宗像掃部を呼ぶと、喜んで味方に加わった。

二人は、義統が朝鮮の役の不始末で秀吉から豊後国を取り上げられて以来、岡城主中川秀成に仕えていたので、二人から秀成に加勢を頼むと、こころよく応じてくれた。

義統は、二千の兵を集め、木付城下に着くと、攻め支度もせず、城塀をこえて二の丸まで攻め寄せた。

木付城城番松井佐渡、有吉四郎右衛門は、赤根嶺にいる如水のもとに使者を送って危急を報じた。

これから如水の活躍が始まり、木付城の細川軍を救援し、臼杵城主太田一吉、岡城主中川秀成、富来城主垣見和泉守家純、安岐城主熊谷直棟を降伏させ、石垣原合戦で大友軍を破り義統を捕虜にし、十日あまりで半数以上の敵を平らげ、のこるは小倉の毛利吉成、久留米の小早川秀包《ひでかね》、柳川の立花、薩摩の島津だけになった。

あいつぐ勝ち戦さに、如水の夢は大きくふくらみ、

「この勢いで上方に馳せ上り、東西いずれが勝つかわからぬが、勝った方と天下を争おう。これまでわしの運は、わしの器量にふさわしくなく悪かったが、どうやらわしにも運がむいてきたぞ」

竹の輿《こし》に乗りながら、五十五歳のうす黒い顔をほくそ笑《え》ませた。

このときの心境を、如水は後になって長政に、

「ひとり子のそなたではあるが、捨て殺しにして、大バクチを打つつもりであった」

と語っている。

長政はイヤな顔になった。

（親父は、またも自分のバクチに、息子のおれをかけるつもりだったか）

である。

如水は、そんなことには無頓着《むとんちゃく》で、

（天下分け目の戦いであり、会津で上杉も事をおこしている）

（家康がいかにいくさ上手でも、二カ月はかかるにちがいない。願わくは三カ月かかってくれ）

その間には、こちらの力もついて、上方へ押し出せる——と、一日でも長びくことを祈りながら、知略をしぼって働いていると、九月末、如水が大坂、鞆、上ノ関に配置していた早船が、関ヶ原戦における家康の勝利の報をもたらした。

「しまった、もう終わったか」

おもわず声に出して、うめいた。

しかしまだ半信半疑でいるところへ、長政からの手紙が届いた。

その手紙は、合戦のあらまし、黒田軍の働き（家臣の手柄）を伝え、勝敗を決定したのは小早川秀秋の裏切りであったこと、その秀秋を説得して裏切りを約束させたのは自分であり、家康から、ひどく感謝されたこと、などを得意げに書いてあった。

「如水したたかに腹を立て、さてさて甲斐守、若き者とはいいながら、あまりにも知恵のなきことなり。天下分け目の合戦、さようにはやるものにてはなきぞ。日本一の大たわけは甲斐守なり。何ぞや忠義立てして、あれをくりわけ、これに裏切りさせて、それほど急ぎて家康に勝たせて、何の益があるぞ。さりとは残り多きことかな」

と悔やんだと「古郷物語」にある。

十月四日付で如水が吉川広家に送った手紙に、

「美濃口の御取り合い、当月までもござ候えば、中国へ切り上り、花々しく一戦つかまつるべくと存じ候に、はやくも内府勝利にまかりなり残り多く候」

とわが心境を述べている。

しかし情勢を見るに敏なる如水は、いさぎよく頭を切り換えて、

「これで天下は定まった。いまここで態度を変えては徳川家から難くせをつけられる。このうえは、どこまでも徳川家のために働いているように見せかけねばならぬ」

と平定にひとしお力を入れた。

中津城の門前を通ることがいく度もあっても、中にはいることはない、というほど多忙に過ごした。

肥後の加藤清正も関ヶ原戦には参加せず、小西行長の宇土、八代両城攻めに専念し、それがすむと柳川の立花宗茂の誘降に努力していた。如水もこれに協力した。

小倉城の毛利壱岐守も降伏させ、久留米の小早川秀包も降伏させた。

黒田勢は、このころ一万三千にふくれあがっていた。肥前の鍋島加賀守も降伏させた。如

水の折衝の成果であった。

如水は、清正や鍋島加賀守と協力し、肥後と薩摩の境の佐敷水股まで軍を押し進めたが、島津氏と徳川氏の和議が成立し、戦さをやめよとの家康からの命令が届いたので、如水は中津へ帰った。ちょうどそのころ長政も中津へ帰った。

親心子知らず

長政が、ある日、小早川隆景に向かって、

「貴公を天下の分別者《ふんべつ》と申しておる。分別とは、どういうことでござるか」

と、たずねると、隆景は、

「分別というのは知恵のことで、その知恵をもって、それぞれのことを分別する者のことでござる。世に貴公のお父上如水軒ほどの知恵者はござらぬ。この隆景などおよぶところではない。お父上の言行《げんこう》を学ばれれば、天下の分別者になれると申すもの。しかし隆景を分別者と世の中で唱えて、お父上のことをそれほどにいわぬのは、如水軒どのは利発な生まれつきでござるから、何か相談をすると、それはそれ、これはこれと、てきぱき申されるので、秀吉公のような目利《めきき》の人はよく知ってござってお取りたてになったが、それより下の人物は、あまりに無造作なため、認めてくれるかどうか疑わしい。拙者は生まれつき鈍なために、たとえその場で思いついたことがあっても、すぐに埒《らち》をあけず、まずひと思案いたしてから、ご相談申しましょうというので急に埒があかぬから、かえって分別者のように取り沙汰されるわけでござる。お父上ゆずりの知恵で、静かにじっくりとご思案なされるように」

と答えた。長政は黙って面《おもて》を伏せた。

智謀という点では、いかに背伸びしても、及《およ》ばないということを、日ごろ尊敬している小早川隆景から、宣言されたような気持ちになった長政である。

関ヶ原戦から凱旋《がいせん》した長政が、九州の平定戦を終えて中津に帰った父の如水と、久しぶりに顔を合わせたとき、小早川秀秋や毛利定広の寝返り工作や、石田軍を攻めた戦陣の功を賞した家康が、

「拙者の右手をとって感謝されました」

といって、子孫に至るまで粗略にはせぬとしたためた家康の感謝状を見せると、

「そのとき、左手はどうしておったぞ」

と如水が、吐き出すように言ったという話は、前にも書いたとおりである。

家康の石田討伐戦が長びけば、そのすきに上洛して天下をうかがう機会もつかめたのに、

「親心、子知らず」

で、石田討伐戦が、早く片づくように手を貸しおって——と如水は、言いたかったのであろう。

しかし、それも、事ここに至れば、何をかいわんや、というのが如水の気持ちであった。

如水は、長政にこういったと伝えられている。

「家康公、関ヶ原の一戦にもし討ち負けたならば、天下また乱世となるだろう。そうなれば、わしは先ず九州を討ち従え、その勢いをもって中国を平らげ、上方へ攻め上り、家康公、秀忠公を助け、逆徒を亡ぼし天下を一統し、忠義を尽くさんと思うた。しかし、家康公、関ヶ原の戦に、ご運を開かせ給い、いま天下太平になったゆえ、わしは世において別に務《つと》めなし。いまよりは、ただいとまある身になって、余生を楽しもう。そうなれば、国の政《まつりごと》は、なんじ（長政）心を用い勤めよ。もし国家の大事あらば、われに尋ね問うべし。そうでなくば、一身の安楽のほか、何の望みもなし。金銀も用がないから、土石のように思う。また、人に用いられ、誉《ほまれ》を得ようとも思わぬ。奇麗な家作《かさく》も衣服も無用である。朝夕の食も美味なるものはいらぬ。ただ飢えず、寒からずして、身を養い心を楽しむべし」

（これは、群臣を前にしての公式の発言だったのであろう）

慶長五年十二月初旬、如水、長政は肩を並べるようにして豊前から筑前に入り、飯塚の大養院を宿舎とし、その後、博多に移って、如水は神谷宗湛《かみやそうたん》の家、長政は清水宗也の家をしばしの宿舎とした。

同月八日、長政は家臣数人を名島の城につかわして、これを受け取らせた。

この城は天正十五年、小早川隆景が秀吉から筑前を与えられたとき築いたもので、隆景の死後養子の秀秋が継いだ。

秀秋は関ヶ原戦で西軍から寝返り、東軍を勝利にみちびいたことは改めて書くまでもないことで、その功績により十九歳の若さで備前、美作、備中三国五十七万四千石の岡山城主に栄転していた。

同月十一日、長政は名島の城に入った。

中津にいた家来たちは、七曲嶺をこえ嘉摩穂波を経て陸路名島へ来るものもあり、中津川で船に乗り赤間関《あかまがせき》をへて海路で来るものもあり、豊前に住んでいた商人、職人、僧なども黒田父子を慕《した》って移ってきた。

慶長六年正月元日、長政は名島城で、家中諸士の礼をうけ、父如水と相談して、諸臣に恩賞の地を与えた。知行千石をこえるもの百人におよんだ。

勝利者の側で働いて、加増をうけた城主の家来なればこそである。

その後、如水は上洛して家康に謁《えつ》し、大功を賞せられた。

長政が関ヶ原に出陣の留守をおとなしくまもっていたのではない。

如水は豊前にあって竹中伊豆守を味方につけ、大友義統を捕虜にし、安岐、富来、日隈、臼杵、牟礼等の諸城を降して豊後国をことごとく平定し、豊前小倉、香春の両城を降し、筑後に出て久留米、柳川両城を受け取り、鍋島、立花両氏を説得して家康に従わせ、肥後を経て薩摩に入らんとして島津氏に謝罪させ、家康に降参させたのち、やっと豊前に帰陣したというのだから、さすがに「官兵衛健在なり」を示す抜群の働きをしたわけである。

家康は、

「上方において、別に恩賞を与えよう。好きな土地を申すがよい。そなたの望みにまかせる。朝廷に奏《そう》して官位を進め、そば近くにいて天下の軍政の相談にあずかってもらいたい」

といったが、如水はあくまでも謙遜し、

「台命《たいめい》、まことにかたじけのうございますが、老齢（このとき五十五歳）のうえ、ごらんのとおりの病体にて精力も衰えましたので、とうていお役には立ちませぬ。愚息甲斐守（長政）に筑前一国をたまわりましたので、愚息に養われて、安楽に余命を送りたいと存じます。このほかの功名富貴《ふうき》は望むところではござりませぬ」

と答えたので、家康も感心し、

「いまの世にいて、古人のふるまいをなすとは、そなたのことであろう」

と感嘆の言葉をもらしたが、内心では、

（わしが、石田征伐に半年もかかったら、九州を平定して上方に攻め上り、わしの後釜をねらうつもりであったくせに、この狸め）

と如水の浅黒い顔を、にらみすえていた。

如水も、家康の腹の中がわかっていて、そ知らぬ顔をしていた。

このあたり、狸と狸の腹の探り合いである。

このころ如水は京都東山の鹿谷《ししがたに》の辺に寓居《ぐうきょ》していたが、彼の名声を聞いて訪ねてくる大名や旗本が多く、門前市をなす有様だったので、如水はあわてて筑前に帰った。

長政が家康からもらった名島の城は、三方が海で要害の地にあったが、辺地にあり城下が狭く、太平を迎える時代にはふさわしくないというので、父の如水と相談して、名島から西南二里（八キロ）の那珂郡敬固村の近くの福崎の地がよいということになって、山を利用して城を築き、廓《くるわ》をかまえ、四方に濠をめぐらして、築城し、福岡城と呼ぶことにした。

黒田家の先祖が近江黒田郷を去って以来、髙政、重隆父子二代にわたって備前国邑久郡福岡の里（名刀を生んだ長船《おさふね》の里の付近）に住んでいたのにちなんで命名したものである。

本城と支城が七年のうちに完成した。

支城の主は、嘉摩郡大隈城後藤又兵衛、鞍手郡鷹取城母里太兵衛、上座郡左右良《までら》城栗山四郎右衛門、遠賀郡黒崎城井上九郎右衛門、同郡若松城三宅三太夫、上座郡小石原城黒田六郎右衛門の六人である。

如水は太宰府の鳥居の東にしばらく居《きょ》をかまえたのち、城内の西北三の丸に住んだ。

慶長七年十一月九日、長政の内室栄姫が嫡子を産んで萬徳と命名された。のちの忠之だ。

この年夏、秀忠夫妻が上洛したので、長政の内室も上洛して拝謁し、妊娠中だというので、秀忠から腹帯を与えられた。

慶長八年二月二十五日、家康は征夷大将軍に補せられた。長政は上洛して拝賀の供奉《ぐぶ》の役をつとめた。

慶長九年三月に入って、如水は病床に臥《ふ》す身になった。

如水は、長政を枕辺に呼んで、

「わしは、この月の二十日の辰の刻に死ぬだろう。わしが死んでも葬礼を厚くすべからず。また仏事を専《もつぱら》とすべからず。ただ国を治め、民を安んずること、わしの好む志なれば、これをもって死後の孝養とすべし」

といった。長政は湯薬《とうやく》も手ずから与えて孝養をつくしたが、如水は自分が予言したように、三月二十日辰の刻に死んだ。五十九歳であった。

辞世の歌は

おもひおく言の葉なくてつひに行く
道はまよはじなるにまかせて

であった。

故、海音寺潮五郎氏は、「武将列伝」の中で、如水のことを左のように絶讃している。

『如水は不運な人である。一流中の一流の人物であり、稀世《きせい》の大才を抱き、運と力量さえあれば、立身出世思うがままであったはずの戦国のさなかに生まれながら、十二万三千石の小大名でおわらなければならなかったのだ。その大才ゆえに秀吉の在世中は秀吉に忌まれ、家康の時代には、また家康に忌まれた。秀吉や家康と時代を同じくし、ややおくれて出発したことが、彼の不運であったのだ。

山名禅高に対して、彼が畳を打って大言した時の憤懣悲壮はいかばかりであったろうか、深く思いやれば胸が熱くなる。

しかしながら、彼が一旦俗世《ぞくせ》に望みを絶って以後の悠々たる生活を見ると、秀吉よりも家康よりも、数等立ちまさった人物でなかったかと思われる。家臣の幼児に取り囲まれて、無心に遊んでいる老雄の姿を想像すると、無限の興趣《きようしゆ》なきを得ない。

如水のえらさは、史記列伝の陸賈《りつか》にまさるともおとらないと、ぼくは思う。

「今の世にいて古人のふるまいをなすとは、そなたのことじゃな」と家康が嘆じたのも、この意味であろう』

如水が長政に語り残した言葉を、書きしるすといろいろあるが、その一部を掲げると——

「だいたい、領国を守護するということは、実に大変なことだと思うがよい。尋常の人と同じような心得ではできぬ。まず政道に私心をさしはさまず、そのうえ自分自身の行儀作法を乱さずして、万民の手本となるようにしなければならぬ。また平常たしなみ好むことを慎んで選ぶべきだ。主君が好むものを、かならず諸士や百姓町人に至るまで好むものだから大事なのだ。文武は車の両輪のようなもので、一方が欠けては何事もできぬということを古人もいっている。もちろん世が治まっているときには文を用い、世が乱れているときは武を忘れず、ということだが、治世に武を捨てぬことが、実はもっと大事なことなのだ。世が治まっているからといって、大将たる者が武を忘れてしまえば、第一軍法を捨てたことになる。家中の諸士も自然に心が柔弱になり、武道のたしなみもなく、武芸も怠り、武具なども不足し、もっている武具は塵に埋もれ、弓や鎗の柄は虫のすみかとなってしまい、鉄砲は錆びて腐り、いざというときの役に立たぬ。このように武道を疎《うと》んずれば、平生から軍法が定まらず、急に兵乱が起こったときには、どうしようかとおどろき騒ぐだけで、評定はととのわず、軍法もまたたたない。

これは、のどが渇いてから井戸を掘るようなものだ。武将の家に生まれたからには、片時も武を忘れてはならない。

また乱世に文を捨てる者は、軍理を知らぬから、軍法が定まらない。国家の仕置についても、私曲が多く、家人、国民を愛する実がないので、人からの恨みも多く、血気の勇だけで仁義の道に欠けるから、士卒は心を寄せてこないし、忠義の働きも少ない。

そのため、いったんは戦いに勝ったとしても、のちには必ず滅びてしまう。

大将が文道を好むということは、かならずしも書を多く読み、詩を作り、故事を覚えて、文字をたしなむことではない。

まことの道を求め、諸事についてよく吟味工夫し、筋目を違えず、間違ったことのないようにして、善悪をただし、賞罰をはっきりし、憐れみを深くすることをいうのだ。

また大将が武を好むというのは、もっぱら武芸を好んで、心がいかつくなるのをいうのではない。戦さの道を知って、つねに乱を鎮める知略をもち、武勇の道に志して、油断なく士卒を調練し、武功ある者には恩賞を与え、罪ある者には刑罰を施して剛気と臆病を見分け、無事なときでも合戦を忘れないことをいうのである。

武芸をもっぱら好んで、自分一人の目立つ働きをしようというのは匹夫《ひっぷ》の勇で、これは小身者のたしなみであり、大将の道ではない。

また鎗、太刀、弓馬の諸芸をみずからするのは匹夫だといって、自分自身でやらなければ、諸士の武芸は上達しない。文武二道の根本を心得ておいて、自分も武芸をやってみ、また文をも学んでみて、諸士にすすめてやらせるようにすべきである。むかしから、文武の道を失っては、国を治めることはできないといっている。よくよく心得ておくべきである」

「大将たる者は、威というものがなければ、万人を押えることはできない。拵事《こしらえごと》で、いかに威を身につけたようにふるまってみても、それはかえって大きな害になるものだ。

そのわけは、ひたすら諸人から恐れられるようにするのが威だと心得て、家老に会っても、威猛高になる必要もないのに、目をいからせ、ことばを荒々しくして人の諫めも聞き入れず、自分に非があっても、逆に居直ってごまかし、我意をふるまうから、家老もだんだん諫言をいわなくなり、みずから身を引くようになってしまうものだ。

家老でさえこのようになれば、ましてや諸士末々に至るまで、ただ怖《お》じ恐れるだけで、忠義を尽くす者もなく、自分の身だけを考えて、奉公をよく勤めることもなくなる。このように高慢で、人をないがしろにするから、臣下万民は疎み、かならず家を失い滅んでしまうものだから、よく心得るべきである。

ほんとうの威というものは、まず自分の行状を正しくし、理非賞罰をはっきりさせていれば、叱ったりおどしたりしなくとも、臣下万民は敬い恐れて、上《かみ》を侮《あなど》ったり、法を軽んずるような者はなくなり、自然に威は備わるものである」

「すべて人には相口《あいくち》と不相口ということがある。主君が家臣を使うのに、特にこのことがある。家人多しとはいっても、そのなかで主君の気に入る者がいる。これを相口というわけだ。この者がもし善ならば国の重宝となり、もし悪人ならば国家の害物となるわけだから、大切なことだと思わなければならぬ。おのおのもかねて知っての通り、侍どものなかにもわしの相口の者がいて、そば近くに召し使い、軽い用事などをも勤めさせてはいるが、それだからといって、その者に心を奪われるつもりはない。しかし、相口だと、自然に場合によっては悪いことに気づかぬこともあろうから、おのおの十分に気をつけて、それをみつけだし、そういうことがあればわしを諫めてくれ。またその者が驕《おご》って行跡が悪いときには、おのおのそばに呼びつけて意見してやってくれ。それでも聞かないときにはわしに告げよ。詮議のうえ罪科に処す。わし一人の心では諸人の上にまでこまごまとおよばないから、自然に気づかないこともあろう。そういうときには、遠慮なく、すみやかに告げ知らせてくれ。さっそく改めよう。さてまた、そちたちの身にも、相口、不相口によって仕置にも間違ったことがでてくる場合もあるであろう。相口な者にはひいきの心が起こり、悪を善と思い、あるいは賄《まいない》に惑って、悪いこととは知りながら自然と親しむことがあるものだ。反対に、不相口な者には、善人も悪人と思い、道理も無理なように思い誤ることがある。こういうわけで、相口、不相口によって仕置のしようも私曲がでてくるものであるから、おのおのよく心得べきである。

また家老たる者が威張りちらして諸士に無礼をし、末々の軽輩者にはことばもかけないようなことは、下に遠くなってしまい、そのため諸士は心をへだて、表面だけの軽薄な勤務をするようになるので、諸人の善悪、得手不得手もわからなくなり、諸士にもその者の不得手な役を勤めさせるようなことになるから、かならず仕損じ、場合によってはその身も滅ぼし、主君のためにも悪いことである。つねに温和で、小身者も近づけてその者の気質をよく見定め、それにふさわしい役を勤めさせるべきである。このようなことは、そのほうなどがもっぱら詮議すべきことであるぞ」

「士を使うのに第一の伝授がある。わしは三十歳をこえてやっと納得したことだが、誰でも心得ておくべきことだ。夏の火鉢、旱《ひでり》の傘ということをよく味わって、堪忍を守らなければ、士は自分に服してこないものだ」

「世には士の犬死にといって軽んずることがある。しかし戦場での死は犬死ににはならぬものだ。犬死にを恐れぬ士でなければ、見事な武士の死はとげられない。格好をつくって、世間態よく思われる者が、誰それはあたら犬死にしたなどと批判がましくいうのは、もったいないことだ。将たる者も、欺かれて、犬死にと忠死とを見違える者が多い。そんなことでは武運も長久であり得ないし、世を治めるにもこの覚悟が大切だ」

長政は戦うたびに先鋒となって指揮した。

みなが「危ういことだ」といった。如水は、それを聞いて、

「長政は先手《さきて》に出て指揮するのがよいのだ。そうでなければ、戦さは負けであろう。わしのように、いつでも本陣にいるのは、とても長政ぐらいの才覚ではできることではない」

といった。

如水は長政の出仕の日に表に出て、老臣から諸士に至るまで目見得し終えてから、みんなの前でいった。

「大身小身、それぞれに諸事は、その身分相応の身持ちをいたすよう覚悟して、油断をしてはならぬ。家作、衣類、諸道具等に至るまで身分より少し軽くととのえ、家計をきちんとし

て奉公怠りなく勤める考えが肝要だ。平生の食物はなおさらできるだけ軽く、かりにも美食を好んではならぬ。家計が逼迫《ひっぱく》すれば、自然と奉公も疎《おろそ》かになり、義理を果たし得ず、一《いっ》朝《ちょう》事が起こったときには戦場へ出立する手立てもなく、恥をかくものである。

どうしても行かなくてはならぬ場合には、人並みに出立しても、そんなありさまでは、かえって見苦しい態《てい》たらくというものだ。

その覚悟の善悪は、平生のやり方によるであろう。武具は武士の第一の道具だといっても、これも平生よく考えて、身分不相応の道具は無用である。そのわけは、武具をよけいもっていたとしても、それ相当に手当てをしてやっていなければ、そのときになって急に余計な武具類をもたせようとしても、それをもたせる人数をどうするのだ。人を雇えば、それだけ新たな出費となる。だから平生いろいろ吟味し、役に立つ程度の武具を考え、念を入れてととのえておくがいい。

身分不相応の武具をこしらえて飾っておくのは、世間の評判を気にする者のすることだ。世間の評判ばかり気にしていると、すぐにも家計逼迫《ひっぱく》の基となる。

しかしこういったからとて、武具を粗末にすることではない。身分相応にこしらえておいて、役にたてえることが肝要だ。

身分相応より多くてもよいのは下人の場合である。下人を養っておく方法が立つならば、養っておくがよい。そうでなければ、それもまた無駄なことだ。馬も相応にもて。伊達風流の馬を好んではならぬ。役に立つ馬が大事なのだ」

如水は死に臨んで、次のように長政に語った。

「世には、親よりは勝れた子はないというが、その方は親より勝れている点が五つある。第一に、わしは信長公、秀吉公の御意に違って頭を剃り、三度も籠居《ろうきょ》した。それに比べてその方は、秀吉公、家康公、秀忠公の御意に入り、御前をよく勤めた。第二には、わしは一生十二万石であるが、その方は五十万石までに成り上がった。第三には、わしはわが手にかけた功がない。その方は、自分の働きによって挙げた高名は七、八度、賜物《たまもの》も二度におよんでいる。第四に、わしは無分別であるのに、そのほうは分別者だ。そして第五は、わしはその方ただ一人を子に持っただけだが、その方は右衛門佐《すけ》、甲斐守、千之助と三人までも男の子がある。しかも三人とも、生まれながら勝れた者だ。

しかしながら、わしがその方に勝ることは二つある。いまわしが死ねば、わしの家中十二万石の兵はもちろんのこと、その方の家中までも『残念なことだ』と歎くであろう。もしまたその方が死んで、わしが生き残ったとしたら『逆《さか》さまなことであるが、如水がおられるからまあよかろう』と力を落とす者はあるまい。これはその方の人の使い方が悪いからだ。よく味わえよ。次には、わしは博奕《ばくえき》ぬでであろう。つまり人の心の寄せ具合は、わしにはおよばが上手である。その方は下手だ。そのわけは、関ヶ原のとき、もし家康公と三成との勝負が百日でも手間取れば、わしが九州から討ち上って勝利を占め、相模に入って天下を争おうと思った。そのときは、一人子のそのほうであるが、見殺しにして一博奕打ってやろうと思ったのだ。天下を望むほどの者は、親も子も顧みてはならぬことなのだ。この博奕は、その方はとてもわしにはおよばぬ」

といって小姓を呼び、紫の袱紗《ふくさ》包みを出し、

「これはゆずりものだ」

といった。

開いてみると、草鞋《わらじ》と木履《ぼくり》を片足ずつと、溜塗《ためぬり》の面桶《めんつう》（飯を盛る曲物《まげもの》）であった。

これを長政に手渡していった。

「戦さは生死の境であるから、考えすぎると大事な合戦はできない。草鞋と木履を片方ずつで、二つとも揃っていないというのでなければ、大事の場合には決断はしにくいものだ。その方は賢いので先の手が見えすぎて、どうしても大きな武功はたてられぬであろう。また、この面桶は飯入れである。貴賤ともに、兵糧がなければ、何事もできぬ。不必要なことに金銀を費やして損をするより、兵糧を貯えて、軍陣の用意をつねに心がけるべきことを示すために、これをゆずるのだ。わしが死んだら、士を愛し、民を撫し、謹直なる者を挙げ用い、曲がれる者を退け、孤弱を慈み、賢を親しみ、佞《ねい》を疎《うと》んずれば、これが何よりの供養《くよう》である」

最後に、「黒田家譜」は次のように如水を讃美している。

「如水初め微賤より起こり、幼より大志ありて、信長公に仕えて忠を尽くし、豊臣秀吉公を助けて天下を平らげ、後には石田の邪謀に与《くみ》せずして、源大君（家康）に忠を尽くし、九州をことごとく平らげ、世に類いなき功業を立てたまえり。平生の武略戦功あげて数えがたし。智勇兼《かね》備わり、大力人に過ぎたるゆえ、その功名世をおおえり、武勇大いに勝れたりといえども、知略を好み、人を殺すことを好まず、つねづね和議をもって敵を降参せしめ、人の軍を全うして、人の命を助くること毎度その数を知らず、百度戦いて百度勝つは、善の善なるものにあらず、戦わずして人の兵を屈するは、善の善なるものといえるが如し。しかれば如水は智仁勇の三徳共に備わりたる人傑なるべし。平生仁愛ありて、家人をよくなつけたまうゆえに、家人もよく思いつきて忠を尽くしける。そのころは乱世の後にて、人を殺すことを何とも思わず、家人を手討ちにする人往々ありしが、如水は一生手討ちにしたまいしことなし。他家にて士を手討ちにするを短慮の至りなりとぞのたまいける。家中の士、如水をうらみて出奔したる者なし。罪科《とが》によりて追放にあい、切腹したる者稀なり、家人悪事あれば、思うように叱り、根深き科あらざれば、その座より用事もいいつけたまいける。かく慈愛深く、人を活かすこと多くして、人を殺すことを好みたまわざるゆえに、天よりこれをたすけて、その後裔ながくその封国を保ちて繁昌したまふなるべし。職隆らいずれも陰徳ありしかば、黒田家長久の基なり、同時に猛将の戦功武名ありて、大国に封ぜられし人多けれども、皆人の命を軽んじて、みだりに殺すことを好みたまいし故、秀吉公をはじめ、その名臣多くは子孫ほろび跡絶えぬ。筑前を長政に賜りしときは、如水行年五十五歳、精力いまだ甚《はなは》だおとろえず、その志なお壮なりしかば、その才智をもって天下の政をたすけ、権勢をほしいままにしたまふとも、その力なお余裕あるべきに、権位をむさぼらず、賞禄をもうけずして隠逸《いんいつ》の身となり、名利を離れ声色《せいしょく》を遠ざけ、胸中洒落に世味淡白にして心をいさぎよくし、身を閑に残年を送りたまう。類い少なき英雄なるべし、これ進退止足《しそく》の道を知りたまえるなるべし。まことに振古の豪傑命世の良将なりといいつべし」

ところが、この中で、強調されている「如水をうらみて出奔したる者なし」ということが、長政の世代になって、母里太兵衛とともに黒田家の双璧のように勇士と謳《うた》われた後藤又兵衛が、如水の没後二年に出奔したのだから皮肉である。

長政の藩主時代

如水が死んで、文字どおり独立した藩主となった長政の足跡を、年表風にたどると――

慶長九年五月一日、如水の死去について、右大将秀忠から、銀子二百枚を弔慰金として贈られた。

同年七月十七日、家光が江戸城西の丸で誕生した。幼名竹千代。

長政は諸大名と同じように慶賀を申し、儀物を献上した。

そのお返しのように、長政の内室に化粧料として、筑後において千石の地を与えられた。

慶長十年二月、秀忠は士卒十万余を従えて上洛、四月十二日伏見城において征夷大将軍を宣下《せんげ》され、将軍位は歴代、徳川家によって継がれることが天下に明らかにされた。大坂城の秀頼は右大臣になった。

慶長十一年二月、長政の長女徳が誕生した（のちに榊原式部大輔忠次に嫁ぐ）。

この年春から江戸城の大改築が始まり、長政も幕命により、母里太兵衛と野口左助を普請奉行として差し出し、天守閣の石垣積工事を手伝わせた。

九月二十三日、将軍秀忠が現場視察にきて、褒美《ほうび》として太刀一口《ひとふり》ずつもらったが、そのときの書状に、母里太兵衛の母里が毛利となっていたので、長政は以後毛利姓に改めるように命じた。

慶長十二年十二月二十二日、修築成った家康の隠居地駿府城が、女中が置き忘れた手燭《てしょく》の火から焼失したので、長政も、その修復の手伝いを命ぜられた。

慶長十四年、この年、長政は大船を建造、船道具ことごとくととのえ、江戸へ進上した。十一月六日、淡路由良の港で、公儀御船奉行浜久太郎、九鬼《くき》長門守がこれを受け取った。船の名は伊勢丸、長さは十五尋《ひろ》、横幅胴の後五尋六寸。

慶長十五年、長政は名古屋城築城の御手伝いを命じられた。この年長政は早良郡生松原に松を植えさせ、地蔵松原と呼ばれた。

慶長十六年三月二十八日、二条城において家康と秀頼の対面が行なわれ、秀頼に付き添った加藤清正が肥後へ帰国後、六月二十四日、五十四歳で死去した。また四月十二日、後水尾《ごみずのお》天皇の即位式があり家康も参列した。

慶長十七年正月、十一歳の長男萬徳丸のために甲冑《かっちゅう》始の儀式を行なった。初めて鎧を着た長男（のちの忠之）の風貌が、九年前に死んだ父の如水の面影によく似ていると、長政は涙をこぼした。

この年十二月、長政は萬徳丸を連れて駿府《すんぷ》に参上、家康に萬徳丸を初対面させ、同月十七日長政より銀二千両、小袖十領、萬徳丸より綿二百把《わ》、銀三千両を献上し、家康から萬徳丸を右衛門佐に任じて盃と長光の刀、岡本正宗の脇差を賜わった。

長政より御礼として銀五千両を献上し、萬徳丸を連れて江戸に下った。

慶長十八年正月二十一日、萬徳丸は江戸城で将軍秀忠から松平右衛門佐忠長と名乗るよう命ぜられたが、駿河大納言忠長と同名ゆえ、忠之に改めることになった。

二月一日、忠之は従五位諸大夫《だいぶ》に任ぜられたので、長政はまた銀五千両を秀忠に献上した。

五月五日、忠之は前年の例のとおり、鎧を着て箱崎八幡に参拝した。忠之から催促はなかったが、幼君の社参のお供をするとて、士卒数千人が甲冑をきたり、行粧《ぎようそう》を飾って行列して参拝した。

江戸にいて、これを知った長政はおどろいて、

「たとえ、武備のたしなみにするというとも、静謐《せいひつ》の世に疑いや憚《はばかり》多し」

と、明年から固く禁じると申し渡した。

この年、長政の次女お菊が、十七歳で家老井上周防の二男、淡路守康名に嫁入りした。

すでに従五位にのぼり、五千石の知行をもらっていた。

慶長十九年四月ごろから、京都方広寺の鐘銘につき、家康がいちゃもんをつけ、大坂城で豊臣家の家老をしている片桐且元が、駿府へ急行して、家康の了解工作に奔走したが成功せず、十月一日、家康は全軍に大坂城攻めを命令した。

「あざといことをする」

と長政は思ったが、もはや七十三の齢《よわい》を重ねた家康が、後顧《こうこ》の憂いを絶つため秀頼、淀殿母子を抹殺しようとする気持ちも、わからぬではなかった。

二十五年前、自分も城井谷の宇都宮一族を、卑劣な手段で抹殺したことを考えると、人間、誰でも考えることは同じだと、家康に対する同情に似た気持ちも湧いてくるのだった。

それよりも、自分と福島正則と加藤嘉明の三人が、大坂城攻めの出陣には参加させてもらえず、江戸城の留守居を命ぜられたことが、

（おれまでも、福島、加藤と同様に、豊臣恩顧の旧臣と疑っているのか。あれほど家康のために忠節をつくしたのに）

と考えると、わびしかった。

「われらは、すっかり老人扱いですな」

江戸城中で、福島、加藤と顔を合わせたとき、おもわず口に出すと、

「お手前は、ご子息忠之殿に出陣命令が出ておるのじゃから、われらとは別でござるよ」

福島正則が、そう答えて、加藤嘉明と顔を見合わせて、わびしく笑った。

「そうだ、忠之が参陣する」

長政は、あわてて自分の部屋にもどり、筑前の忠之あてに、軍令をしたため急使を送った。

その軍令は三十二カ条にわたる細かいもので、わずか十三歳で初陣の途《と》に上《のぼ》る、長男の、しかも江戸と筑前というように遠く離れて見送ってもやれぬもどかしさが、行間ににじみ出ているような文章であった。

一方、家康のほうは、長政を、より醒《さ》めた目で見ていた。

こんどの戦さは、名目は大坂城に集まる不逞な浪人どもを征伐するということになっているが、本当の目的は、秀頼母子を亡《ほろ》ぼして、豊臣家を根絶《ねだ》やしにすることにあるのは、知る人ぞ知るである。

福島正則、加藤嘉明は、秀吉子飼いの武将で、賤ケ岳七本鎗の中にも数えられておるし、関ヶ原でも、この戦さが秀頼公のためになる戦さなら、という条件つきで戦った男である。とても危なくて、大坂城攻めなどには参加させられない。

その点、黒田長政は、保科正直の女婿《じょせい》という立場もあって、謀略に実戦に、献身的に自分のために働いてくれた。

それ故にこそ、豊前十二万石から筑前五十二万石の太守にまで栄進させてある。

しかし、その実父の如水が、石田三成征伐戦の長からんことを願いつつ、加藤清正と協力して、九州平定戦に尽力し、折りあらば上方へ攻め上って、自分にとって代わろうとしていたことを考えると、譜代大名と肩を並べて大坂城攻めに参加させる気には、どうしてもなれなかった。

そこで、一歩をゆずって、保科正直の孫である十三歳の黒田忠之に命じて、筑前勢をひきいて大坂城攻めに加わらせたのである。

ところが、その忠之は病気のため、出陣は不可能であるとの噂が、家康の耳まで届いた。

(どうせ、父長政の指図で、病気を理由に出陣を拒む気であろう。許せぬ)

内心で怒りの火を燃やしていた。

ところが、忠之は、本当に傷寒《しょうかん》を病んでいた。しかし、

「忠之は、病気を理由に出陣を拒否しておるそうな」

という噂が、流れているということを聞くと、負けん気の忠之は、

「たとえ、船中で死ぬとも出陣する。途中、いかなる難に逢うとも、いかでか上らずにおくべきや」

と家臣を説得し、士卒二千をひきいて博多港から船出し、十二月十六日大坂に着き、十九日、茶臼山の家康の本陣に伺候《しこう》した。

十一月十九日に始まった、いわゆる〝大坂冬の陣〟は、すでに終結し、この日が講和交渉の行なわれる日であった。

そんな多忙の日であったが、家康は快く忠之に会ってくれた。

忠之は、げっそりと痩《や》せ衰え、誰が見ても病人であることは、明らかであった。

「遠方のため、着陣が遅れ申しわけござりませぬ」

十三歳の忠之が礼儀正しくあいさつし、付き添いの家臣、長谷川左兵衛が、病気を押して上ってきたことを、横から説明すると、家康は上きげんで、わざわざ上段から下りてきて、

「気色、いまだ本復せざるに、早く上ってこられた。さぞ、国元で母御《ははご》が心もとなく思うておられるであろう」

と忠之の手をとり、その上に老いの涙をしたたらせた。

忠之は、感激に体を熱くした。

忠之に付き添ってきた家老の井上周防、小河内蔵允《くらのじょう》にも、いちいち会釈を賜うた。

「右衛門佐（忠之）は、病気を理由に参陣せぬとの流言が飛び、将軍（秀忠）もそれを信じておるようじゃ。早々御目見得して、疑いをはらすがよい」

家康から、そう言ってくれたので、忠之は茶臼山から岡山の陣所に回り、秀忠に拝謁して、着陣のあいさつをした。

秀忠も、

「病気を押して、よう出てこられた」

と、やさしい言葉をかけてくれた。

二十二日、講和がととのい、城攻めは中止、家康は秀忠と共に、二十五日、伏見城へ帰った。

よく知られているように、このときの講和条件は、大坂城本丸を残して、二ノ丸、三ノ丸を壊し、総濠を埋めることであった。

このとき豊臣方は、総濠とは外濠だけだと考えていた。しかるに、徳川方は、総濠とはすべての濠だと拡大解釈して、内濠のすべてを埋めてしまい、大坂城は完全に裸城になってしまった。あくどい謀略である。

忠之のひきいてきた二千の黒田勢も、濠の埋め立ての手伝いをさせられた。

家康は翌元和元年正月三日、京都の二条城を発って、駿府への帰途についた。

彼は、途中同月五日、江州《ごうしゅう》水口から江戸にいる長政あてに「右衛門佐が病中を押して出陣してもらって、ご苦労であった。病気も快方に向かっているから安心するように」

という意味の手紙を送っている。

長政は、これより先、十二月十一日、江戸から大坂へ向けて、鉛三十斤《きん》を献上している。

将軍秀忠は、大坂城の濠が全部埋め立てられるのを見届けてから正月十九日大坂から伏見に上り、同月二十八日京都を発って江戸へ下った。

諸大名もお暇をたまわって、それぞれ帰国の途につき、忠之も筑前に帰った。

自分の眼の黒いうちに、豊臣家との決着をつけたいと考えている家康は、三月にはいると、大坂城に対して、浪人の城外追放か、秀頼の他国への国替を認めるか、二つのうち一つを選ぶよう通告した。

これは、冬の陣の講和条件の否定であり、再度の挑戦であった。

城内では、さらでだに徳川方の悪辣《あくらつ》な濠の埋め立て工事に、浪人たちの不満が渦巻いていたので、再戦の気運が盛り上がった。

家康は前記の通告をすると同時に、いち早く、藤堂家と井伊家に対し、

「大坂城では講和のときの約束に反し、戦備をととのえておるゆえ、先鋒として再度出陣せよ」

との命令を発した。

彦根の井伊直孝は右翼の先鋒、藤堂高虎は左翼の先鋒となって摂津、河内へ急げという指

示である。

井伊直孝は四月一日彦根城を、藤堂高虎は四月二日津城を進発した。

家康が上洛して二条城へ入ったのは四月十八日、秀忠は二十一日伏見に着き、二十二日京に入って二条城で父の家康と顔を合わせ、諸将を集めて軍議に入った。

こんどは長政も、秀忠の後に従い、二十騎ばかりひきいて江戸を発ち、二十四日、京都東福寺の不二庵に入った。

伊達政宗、加藤嘉明も同日京都に着いた。

忠之は、このとき筑前にいたが、また軍兵をひきいて大坂へ上るようにとの命令をうけた。長政より、「陣用意」のことをしたためて、筑前の家老に送った。
一、人数は一万にてまかり上ること。
一、十五日分の兵糧、馬の飼料その地で渡すこと。
一、上方にて兵糧奉行に毛利又左衛門を申し付けるべきこと。
一、玉薬《たまぐすり》鉄砲奉行、勝野伊右衛門、高岡権太夫、倉八藤兵衛申し付くること。
以下十六行略
五月五日、長政大坂に下り、忠之も筑前より軍兵一万人をひきいて兵庫に到着した。
将軍秀忠より、下知次第大坂に入ること、それまでは兵庫に待機することという命令が届いた。西国の大名はみな同じ命令であった。

五月七日、長政は加藤嘉明と共に、将軍秀忠の旗本に加わって出陣、のち家康の前備を承《うけたま》わって、家康と秀忠の間に床几《しょうぎ》をすえ、その前に、十四、五間張り出して、長政の家臣らが警備に当たった。

五月八日、大坂城は落城し、秀頼母子は自刃した。

これで長政は、形だけでも夏の陣に加わったことになった。

忠之は近習の士だけを連れて大坂城に駈けつけ、その他の士卒は、みんな筑前に帰らせた。

長政は、いよいよ徳川家への忠節をあらわすため、妻子を人質として江戸へ差し出し、桜田のわが屋敷に住まわせることにした。

これより五年前、藤堂高虎がわが妻子を人質として江戸に住まわせており、つづいて長政が江戸へ妻子を人質に置いたので、江戸に諸大名の人質を置き、当主が領国との間を一年交代に往来する（参勤交代）が、これから徳川幕府の制度となった。

長政の妻栄姫は、この年三十一歳、十歳の長女おとくと、その弟の四歳の万吉を連れて四月四日筑前を発ち、二十五日京都に着き、長政の宿舎である東福寺の不二庵に滞在していた。

家康は十八日、駿府から上洛して二条城に入ったが、彼女は五月一日、二人の子供を連れて城内で家康に拝謁、秀忠が伏見から二条城に入ったときも父子一緒のところで拝謁した。

「御身近く召しつかわれし女中余多、内室のそばに付き添い、おもてなし浅からず見えさせ給う。万吉、何の恐れもなくたわむれて、御床の上にもあがられけるを、家康公御覧じられ、あやうきよし仰せられ御手をもって救い給う」

と当時の記録は伝えている。

五月五日、家康が二条城を発って大坂城へ出陣するときには、長政の内室栄姫は、お見送りのため二条城へ登った。

「長政の内室は、御姪にてことに御養女なれば、御寵愛甚だ深き故、かくのごとく天下大乱にて、合戦の謀を専《もっぱ》らにし給う時節なれど、両度まで御対面ありけるは、たぐいすくなき事なるべし。かかるせわしき時にも、英雄の御心は、常の如く静にいとまある事を見るべし」

と、「記録」は家康のゆとりのあるのを賞讃しながらも、家康が自分の実妹の娘（姪）である長政の内室に、いかに親愛の情を示したかを伝えている。

この時点、家康の長政に対する疑心や不快感は、解消していると見える。

彼の内室栄姫は、東福寺に十二日間滞在し、その間、世上《せじょう》さわがしくとも、重ねて上洛する機会もないからと、二人の子を連れて洛中洛外を見物し、五月八日（大坂落城の日）京都を発って二十五日江戸に着き（人質として）永住した。

大坂城が落城して、家康、秀忠父子は五月九日、そろって二条城に帰ったが、そのころ、長政の長男忠之が、馬芸に長じているのをきき、二人そろって馬場のそばに出て、十四歳の忠之の巧みな手綱《たづな》さばきを見物し、終わって、家康は忠之をそば近く呼び寄せ、手ずから脇差を与え、

「誰に馬術を習うたか」と尋ね、忠之は「荒木十左衛門でござります」と答えた。

大坂落城後、諸国の端城《はじょう》はことごとく破却すべしとの「一国一城令」が六月十三日、幕府より出されたので、長政は忠之とともに帰国し、福岡城以外の六城を破却することになった。

将軍秀忠は七月十九日伏見を発って江戸へ帰り、家康は八月四日京都を発って駿府へ帰ったが、長政は六つの端城の破却の段どりをつけておいて、十二月再び筑前を発って、参勤のため江戸へ出た。

元和二年正月を迎えると、家康は豊臣家を抹殺してほっとしたためか、病床に臥す身となった。

三月十七日、京都から勅使が下って家康に太政大臣の官位を与えた。しかし、病いは依然として重かった。忠之は急いで筑前から駿府へ見舞いに駈けつけた。ちょうど、栄姫も江戸から見舞いにきていたので、家康は病床から忠之の手をとり、

「お前の母が別室に来ておる。早う会ってやれ」と、やさしく命令した。

長政も江戸から駿府へ見舞いにきて、また江戸へ帰った。

家康が七十五歳の波乱の生涯を閉じたのは、四月十七日のことで、遺体はとりあえず久能《くのう》山《ざん》に葬られた。

駿府から江戸に帰った栄姫に、将軍秀忠は、人質として江戸に留まる必要はないから筑前に帰れといって、黄金三十枚を与えられたが、長政より、

「もったいなし」

と断わって、依然として江戸へ留まることにした。これからのちも、秀忠はたびたび上使を下して安否を問い、栄姫も長政の内室としてたびたび登城して秀忠に会い、本丸の末の間まで乗輿を許された。

この年、栄姫に長政の次女亀が誕生した。

元和三年、帰国を許された長政は、日光山東照宮に鳥居を寄進《きしん》しようと思い立ち、筑前国志摩郡親山の大石を選び、鳥居を作らせ、大船に乗せ、南海を回り、隅田川で川舟に移し、利根川をへて宇都宮に至り、高さ二丈《じょう》八尺五寸の大鳥居を御廟《ごびょう》前に建てた。

元和四年、城下の荒戸の西の町はずれに数万本の松を植えさせて、紅葉松原をつくらせた。福岡、博多、姪浜の町民に、高さ四、五尺の松を一人一本ずつ植えさせてつくった。この年七月七日、長政の内室の母（保科正直の室）が死んだ。

元和六年、長政は大坂城の石壁を築くよう命じられた。また、地元では遠賀川の改修工事をおこなった。

元和八年正月、二十一歳を迎えた忠之は、久松松平の松平忠良（家康の実母の実家）の娘を秀忠の養女の資格で妻に迎えた。

元和九年（一六二三）長政は五十六歳を迎えた。この年七月、将軍秀忠は家光に譲位して大御所となった。

その前年から幕府のキリシタン弾圧が始まっており、九年十月にもキリシタン五十人が江戸で処刑されていた。

長政の父如水は高山右近の影響でキリシタンに入信、伊丹の牢獄で一年余の獄中生活にも自殺しなかったのは、キリシタンに帰依《きえ》しておればこそで受洗名をシメオンといった。

長政も父の影響で入信し、受洗名をダミアンといい、福岡に教会を建てるときは、ずいぶん肩入れしたものである。

しかし、いまは幕府の意向に従って、キリシタンを取り締まらねばならない立場におかれ、わびしい限りであった。

この年七月の将軍宣下に、長政は忠之とともに京都へ先行するように命じられた。

長政は、このたび上洛には中山道（木曽路）を通って、忠之と同行したいと、土井利勝を通じて申し出て許された。

松浦肥前守久信も同行した。

長政は美濃の合渡の渡しの岸に立って、二十一年前の関ヶ原合戦のときのことを思い出し、岐阜城攻めのとき、大垣城からの敵兵が、後攻めにせんと長良川の向こう岸に待ちかまえておるのを、自分が川を渡って、敵軍を追い崩したことを、忠之と久信にことこまかに説明して聞かせた。

自分の命の恩人である竹中半兵衛の子の丹後守重門が、わが子権之佐と共に迎えてくれ、盤手というところにある竹中邸に、その夜は泊めてもらった。

その翌日は、関ヶ原の家康の首実検所の跡に立って、当時の合戦を思い出して、しみじみと語り、家康公が自分の手をとって感謝してくれたといって涙をこぼした。

思えば、これが虫が知らせたというものであろう。

長政は江戸を出発するときから、胸痛に悩み、曲直瀬道三《まなせどうさん》（二代目）から薬をもらって呑んでいた。

しかるに、この旅が悪かったのか、そのうえに膈噎《かくいつ》の病いがおこったので、京都へは上らず大坂へ出て船で筑前に帰って保養するつもりになっていたが、家光公が将軍宣下をうけるからには、やはり京へ上らねばならぬと、大坂に二、三日逗留のうえ上落し、上京《かみぎょう》の報恩寺を旅宿とした。

秀忠と家光が上洛してこれをきき、たびたび見舞いの上使を送り、土井利勝、酒井忠勝も来て病いを問うた。

大坂の医師古林見宜は、むかし長政の家臣であったが、見舞いにやってきて長政の脈を診《と》

り、

「必死の御病症にて候、その御覚悟候《そうら》え」

　というと、長政はニッコリして、

「よく正直にいうてくれた。予は、本復すまじ」

　と言って、忠之を呼んで、国の政、臣下のつかい様を示し、そのうえ、諸臣の昔年《せきねん》の戦功、また家老その他、事をつかさどる者の気質、心立て、その才の長《ちょう》ずる所などを、日々忠之に遺言し、家老にも死後のことを遺命した。

　忠之や家老や諸臣たちも、長政の病いを憂いて祈禱、百計すれども、さらにその効なく、病革《せま》るとき、起きて端座《たんざ》し、忠之に、

「上《かみ》をうやまい、下をあわれむに、慎んで怠ることなかれ」

　と遺言し、諸臣にも遺命して、目前で印判を削らせ、八月四日未《ひつじ》の刻、ついにこの世を去った。

　遺骸は塩漬けにして博多へ船で運ばれ、箱崎の松原の東端で火葬にしたが、棺の先は栗山大膳が、後は忠之が手をそえた。那珂郡十里松の崇福寺の如水の墓の傍に葬られた。

　長政の死去の二日前の八月二日、病苦の少しやわらいだとき、側近の士を去らせて、ひそかに家老栗山大膳と小河内蔵允を呼び、

「右衛門佐（忠之）若輩ではあるが、そのほうたち家老がしっかりしておるから、予の死後

の国の仕置、また兵乱ありとも、存分に対処してくれると思うから、後に心残りはない。ただわれらの子孫末々《すえずえ》に至って、どのような不徳な者が出て、如水と予の二代に、莫大な苦労をして拝領した国を、失うことがありはしないかと心配だ。これについて、子孫のために大事な遺言をするから、お前らよく聞いて置いて、子孫にも申し伝え、もし後代《こうだい》になって、われらの子孫が不慮のあやまりをおかすか、不覚悟にて黒田家の一大事、このときというようなことがあったら、そのとき天下の老中のうち、由緒のある衆に、こちらの家老共参って訴えよ」

といって「遺言覚え」を手渡した。長文にわたるが、興味深いので現代風に書き改めて左に紹介する。

「わが死期、不日たるべきに、生死は覚悟の前のことだから、いまさら申しおくこともない。右衛門佐（忠之）はまだ若いが、家老どもが団結して助けたら、国の政、また武者のこと（戦乱）があっても、心がかりなことはない。ただし、われらが子孫、末々において、いかようの悪人、または愚か者出生し、如水やそれがしの大功を無にするかわからない。後代の事が案じられる。このため一つの遺言がある。いずれも、よく聞いておき、めいめいの子孫にも申し伝えよ。もし、後代、われらの子孫が、何ぞ不慮の無調法、悪事をおかし、黒田家の一大事この時なりと思うことがあれば、そのとき、天下の老中で所縁のある衆へ、こちらの家老ども参上して申すべきは、そもそも徳川家が天下を統御《とうぎょ》なされたのは、家康公の御武徳とは申しながら、ひとえに如水、長政の忠功をもって、御心安く天下の主となられたのである。その子細は、去る石田の乱のとき、如水は九州を切り従え、長政は関東へお供申し、関ヶ原御一戦の前、関東より先立って美濃へ馳せ上り、加藤、福島、浅野、藤堂らと申し合わせ、武を張り申したゆえ、石田方は川を越え働くことができないようになった。もっとも、合渡を一番に渡し、敵を切りくずし、関ヶ原御一戦の日は、粉骨を尽くし、石田が本隊を追い立てた。しかし、これは珍しくないことである。第一は長政知謀をもって、毛利家ならびに金吾中納言（小早川秀秋）が味方になった。これより味方になる者が多くなった。このころ、先立って美濃路へ馳せ上った者は、多くは太閤お取り立ての大名どもゆえ、われらが心を変え、かくと進めねば、福島、加藤、浅野、藤堂をはじめ、いずれも、悦び勇んで、即日大坂方になっていたことはまちがいない。右の者ども大坂方に加わり島津やわれらが先手となり討って出れば、その他の東国勢、一戦におよばず敗北するは、眼前にあった。その上、他の者も大略は大坂方となっていたことだろう。これを聞けば、国々で日和見《ひよりみ》しておる大名、小名、ことごとく大坂方に参っておるだろう。だから、家康公も、われわれの心中をお気遣い故、百里に余る大敵に先手ばかりかけ、その後、めいめい二心なき働きをお見届けになったればこそ、江戸よりご出馬になったのである。誰かが諸大名をすすめ、島津、福島、加藤、浅野、宇喜多らを先手として、押し下らば、関東方より、誰がこの者どもに出向かい、快く一戦をとげるものがあろうか。家康公は弓矢の長者といっても、みずから先手なさるよりほかはなかったであろう。

万一、右の大名どもが関東方になっても、われらが大坂方に加われば、毛利家も、金吾中納言、そのほかの者どもも、安心して無二の大坂方となっていることだろう。島津、宇喜多など、諸勢を励まし先手として討って出れば、岐阜の城攻めはさておき、誰か一人でも美濃路に足を踏み入れるものがあろうか、ようように関東へ引き取るが上々というところであろう。これをたやすく追い立てれば、諸国の大坂方、日々蜂起していることだろう。そうなれば、家康公は箱根より西への御出馬は思いもよらぬことである。

さてまた西国にて、如水と加藤清正が申し合わせると、清正は無二の大坂方ゆえ、同心はいうにおよばず、すでに豊後立石で如水、大友と合戦のとき、肥後の者ども大勢、大友の加勢としてやってきたが、参着以前、義統を生け捕ったので、肥後の者ども力およばず、如水への加勢に参るよう、使を立てたが、如水合点にて追い返したこと、皆々知っておることだ。されば、如水が大坂に加わったと言ってやったら、清正悦び、味方するだろう。そのほか、九州大名島津、立花にいたるまで、みな大坂方だから、西国一同、如水、清正押し上れば、中国の所々の軍勢も加わり十万となろう。上方の軍勢に、この大軍が加わり家康公一人と戦えば、玉子の中に大石を投げつけるようになるだろう。

もし万一、家康公良将なれば、三河、遠江へ早く討ち出て、ふしぎにも、われわれと一戦をやり、負けても、同勢の大名ども心を変えまいから、なかなか関ヶ原の敗北のように、きたない負けはしないだろう。

たとえ仕損じても、江州《ごうしゅう》辺りへ引き退り、処々の城を堅くして島津を大坂に籠め、われらと宇喜多で伏見を押え、家康公を待ち申せば、関東勢、瀬田よりこちらへ面出《つら》しはできないであろう。島津をはじめ、歴々の大名大坂におり、われら伏見におり、西国より如水・清正大軍にて後詰めをすれば、日本はさておき、たとい異国の孔明《こうめい》、太公《たいこう》、項羽《こうう》、韓信《かんしん》が攻め来るとも、わが陣に対し勝利を得ること思いもよらず。わが朝の近世の武将、信長、謙信、信玄らを家康公に加えても、ようやく無事に関東へ引き取るのが、やっとのことであろう。しからば、家康公の御浮沈危うきところにあらずや。これらはみな、あるまじき事であるが、万一、かくのごとくわれら父子、二心あるときは、このような次第となることを、お前たちにも語り聞かせ、如水と長政の忠義がいかに大切であったかを、知らせておきたいと思うたので、このように語り聞かせたのである。武において偽りでもなく、広言でもない。そのときのことを見聞しておる者は、疑いのないことは、お前たちも知っているとおりである。ここをもって、家康公が天下を取り給うたのは、われわれをはじめ、武勇ほまれの大名ども、五、三人味方したためとはいいながら、詰まるところは、如水と長政二人の力にあらずや。事実、関ヶ原御勝利の上、家康公、予の手を取り、今度の利運、ひとえに、長政の忠義故と仰せられたのも、これのゆえである。

豊前六郡より転じ、筑前国を賜わったのも、まことに大分の御加増であるが、右の大功にくらべたら、相当の御恩とは言い難いであろう。しかるに、後代、われらが子孫、末々に至り、大なるあやまり、国家の大事におよぶとも、この大功を思えば、上に対し逆心さえ企てなかったら、そのほかのことは、お許し下され、筑前一国の安堵は相違なしと思うておる。いざという場合、予の申し述べたことを、くわしく言上《ごんじょう》してもらいたい。また、筑前拝領の前、中国筋で二国くださるか、また筑前にて一国くださるか、筑前は古来探題《たんだい》所で、格別の国であるから黒田家に預けたいと、内意をお尋ねあったので、われらの申し上げたのは、中国のうち二国を頂くのは望ましいことであるが、かくの如く天下太平になったからには、日本国において家康公に敵対する者はありませぬ、さしたるご奉公をすべき時節もありますまい。筑前は大唐への渡し口で、ことに探題所でもありますから、他の二国にもまさると思います。大唐への御先手《おさきて》とおぼしめし、筑前をくだされば、本望でござると申し上げると、もっともにおぼしめし、上意に叶うたとのことで、筑前国の拝領を仰せつけられ、ほかに如水へ別段に御領地くだされ、如水も本望であろうとの御内意があったが、如水は老体にて、いささかの領地の望みはなく、安楽に余命を終わりたいと、かさねがさね御断わり申されたので、拝領がなかった。このような御約束は、天下の老中も、後代には、知らないようになってしまうであろうと思い、申し置くことである。

さてまた、このようなことを無分別者に聞かせると、必ず公儀へのご奉公をゆるがせにするものだ。お前たち家老ども、このことを心得て、必ず予の子供には申し聞かせるな。ただし、おのおの子孫のうち、めいめい家を継ぐ者だけに、ひそかに伝えよ。もっとも、国元の家老どもへも、つぶさに申し聞かすべく候なり。以上。

元和九年八月二日　　長政御判

小河内蔵允どの

栗山大膳どの

いうまでもなく、口述したものを筆記させたものであるが、死の三日前にこれだけ長文のものを口述したということだけでも、長政の、父如水とおのれの軍功の評価にかけた執念と気迫、黒田家の存続を祈念する気持ちは、すさまじいといえよう。

また、長政は病い篤《あつ》いとき、左右の臣をかえりみて、

「予は死に臨みて残念なことが三つある。第一は慈母に先立って死ぬこと、これ不孝である。第二は嫡子忠之が、いまなお弱冠で、年長《としちよう》じて国政を治めるを見ずして死ぬこと、第三は、予幼年より戦場に出て、関ヶ原陣に至るまで、その功多い。しかし、その間小身《しようしん》にして、いまだ大軍の将とならず、そのうえ若年にして兵機いまだ熟せず、それより以来、兵に将たるの工夫甚だ熟す。

ことにその後大国をたまわりしゆえ、いま二万の将卒の将たらば、平日よく調練し、戦い

に臨みて節制厳粛にして、進退左右心のごとく自由ならしめんこと必然であろう。われそれを試みたく思うたにできなんだ。このほかに、残り多きことなし」

といって、左の辞世の歌を示した。

このほどはうき世の旅にまよひきて
　いまこそかへれあんらくの空

当時の著名な学者林道春は、長政の逝去をいたんで、詩三首を贈り、末尾に左の文章を掲げている。

「長政天性武勇大いに人にすぐれ、また智謀才略多くして、父の風あり。幼よりして力戦し、先登《せんとう》の功多し。日本、朝鮮にて城を攻め、野戦して敵を亡ぼし、勝利を得ること、あげて数え難《がた》し。壮年のころ、大坂において五奉行、家康公を討ち奉《たてまつ》らんと謀りしとき、最初より味方に参じ、如水と共に謀をめぐらし、加賀大納言利家以下の諸将をすすめて、家康公にしたがわしめ、世の中和平になりぬ。濃州《のうしゅう》の戦いにおいて、智謀をもって筑前中納言、吉川蔵人らを導き味方とし、かつ力戦して大敵をしりぞけらる。このとき、家康公天下を平らげ給いしこと、もとより文武の徳備わり給いし賢君なる故とは申しながら、これにあわせるに、長政の勲功忠義、いかばかり多かりしとかや。ああ、長政のごときは、百世の雄《ゆう》といいつべし。すべて論ずるに、如水は秀吉を助けて、海内一統《かいだい》の功をなさしめ、長政はまた本《ほん》朝《ちょう》異国に武名をあらわし、家康公に忠を尽くして、大業を助け給う。父子あいつぎて君を助けて大功を立て給えること、古《いにしえ》より今に至るまで、ためしなき豪傑なるべし」

長政はまた死に臨んで嫡男忠之に、次のように遺言した。

「兵法とは平法である。わが亡き父君は、平法者であられたから、向かっていかれた城はたちまち落ちて降り、士卒の殺されることは少なかった。これは、わしのおよぶところではない。父君はまた、つねに『臣下で、その職にふさわしくない者に対しては、すぐに処分したりするが、よく考えてみると、その役を十分に務めてくれるだろうとみたのは、実はその主《あるじ》の目ききちがいなのだから、その罪は臣下よりも主のほうが、なお恥ずかしいことなのだ。政事《まつりごと》が正しければ、下民《しも》にいたる者までも重罪を犯す者はない道理なのだ』と、くれぐれもおっしゃった。このこと忘れるでないぞ」

忠之が、父長政の遺言を忘れなかったら、「黒田騒動」といわれるようなトラブルは起こらなかったにちがいない。

しかし、忠之は父に似ず、凡庸な男だった。

長政は前記のように首席家老の栗山大膳と仕置家老の小河内蔵允《くらのじょう》を呼んで、ねんごろに遺言した。

この長政の遺言のとおり実行して、黒田家が明治維新まで継続する基礎をつくったのが栗山大膳である。

長政が五十六歳で死んだとき、忠之は二十二歳、大膳は三十三歳であった。

しかも忠之は大膳の家で生まれたのである。忠之は黒田家の長男、大膳は栗山家の長男、最初から末は主従の関係になることはわかっていたが、二人はまるで兄弟のようにして育った。もちろん、大膳が兄が弟を可愛がるようにして、忠之のめんどうをみたのである。

その癖がついているので、忠之が大人になり、父の後を継いで藩主になっても、家老である大膳は、あいかわらず弟に対するように、こまごましたことまで忠言する。

わがままな忠之は、それがうるさくてたまらない。それが、ついに「黒田騒動」にまで発展してゆくいきさつは、別項に書いた。

黒田家老士物語

これから紹介するのは、八十余歳になる老藩士が、如水、長政父子らについて、折りにふれてとつとつと語るのを、一藩士が記録したものである。黒田父子の風貌が偲《しの》ばれるので、筆者が現代文に書き改めてみた。

『如水公の御物語りに、子の守《も》りにつける侍の人柄をずいぶん吟味すべきことは肝要である。その子の幼少のときより、かの守りは、日夜付き添い、諸事を言い教えるので、その子の平生の行ない、大方、その守りに似るものである。うわべばかりでなく、のちのちは気質までも、守りのようになり移るものだから、大事なことである。この故に、守りに付けようと思う侍を、幾重にも吟味をとくととげ、気質を見定めその上にて付けるべきである。もっともその子の生まれつきによって、差別のあることである。その故に、生まれつき、静かにもの和やかに、うわべはおうようで、ものごとに気をつけず、手ぬるく見え、内心はうつけにてなき生まれつきの子あり、そのような子につけるべき守りは、まず、その身、なるほど実直で、邪心なく、驕《おご》りなく智慮あって才走り、ずいぶん働き諸事油断なく、弁舌もさわやかな者を付けてよい。また内心の利発を外にあらわし、もの言い年に似合わず人を見侮り、ものごとに小作で遠慮なく、利口めきて大気なる生まれつきの子がある。そのような子に付けるべき守りは、これまた、その身、なるほど実直で、智慮深く、内心働き、うわべはもの静かで、もの動ぜず、言語少なく、遠慮深く、立ち居軽からず、手ぬるきほどに見える者を付け置けばよい。この両様が肝要である。さてまた、かの守りに付けた侍を、主人ねんごろに仕置をし、位のつくようにしてよし。仕様を軽くして位うすきときは、その子心安くあしらい、侮る心があるので、いかように諫言しても聞き入れず、はては守りをないがしろにして、主下の間に滞《とどこお》りと邪魔のできるものだから、大事なことである。

さてまた大名の子は、生まれ出てだんだん成長に至るまで、平生栄耀にそだち、難儀に合わないので、人の辛苦を知らず、このゆえに、諸士の使い方悪く、士民をあわれまざるものである。初め小身にして、次第に大名になっては、そのときどきの身代に応じた思慮ばかりで、小身だったときの辛苦、難儀、不自由を忘れて、末々の家来の痛みを思わないものである。まして、大名の子に生まれては、そのようなことは少しも知らないから、うっかりしているときは、国主、領主ともに、諸士または士民に至るまで、疲れ亡ぶべし、よくよく思慮すべしと仰せられたことである』

『如水公、長政公、豊前御国入り以後、御能があり、諸士残らず見物した。芝生には町人百姓、満ちみちてこれを見た。能四番過ぎ、如水公御中入《なかいり》にならせられ、長政公はまた御座を立たせ給わず。そんなとき、芝生の者どもに赤飯を給わったが、めいめいに渡すことができず、役人ども芝生に入りこみ手から手へと投げてやった。そのとき、年のころ二十二、三の男が、一人で赤飯をうばい、わが前にくるものはもちろん、人の前にあるものも押えて取り、そのうえ子供の持っているものまで奪い取ったので、諸人これを憎み、あるいは怒る者もあった。

このとき、長政公御座を立ち芝生へ下りさせ給うので、いかなる御用がおありかと、諸人その後について芝生へ下った。長政公大勢をかき分け、かの赤飯を奪った男のそばに行き、何とも仰せはなくて、男のたぶさをにぎって引きつけ、脇差で首を切り落とし投げ捨てて、もとの席に帰り、すぐに奥へお入りになった。

芝生の者どもがさわいだので、黒田兵庫殿高声で、「お前たち、鳴りを静めてよく聞け、ただいまの若殿のご立腹もっとも至極である。お前たちが見たとおり、かの男傍若無人《ぼうじゃくぶじん》の振舞いである。御前をもはばからざる有様、ひとえに上《かみ》を軽《かろ》しめるゆえ、それがし成敗いたさんと思うところに、若殿のお手をかけ申すこと、ぜひなき次第である。拙者にかぎらず、列座の諸士、手ぬるき様に思し召されたとおもうと、無念さ限りなし、お前らもよく心得よ、これに限らず、何者であれ、我意を立て邪道をなし、上を軽しむる者は、即時に罪科におよぶべし」

と申された。その後、如水公、長政公御出座あって能三番があり、都合七番あり、事すみ退散した。

長政公、かの者をお手討ちになされたるは、お心持ちあってのことである。豊前御入国のころまでは、西国とくと治まらず、町人、百姓の心不敵で、上を敬うことなし。下知を用いず、領主を軽しめる心あるを、長政公、かねて見付け給うて、右の如くしたまうとなり。兵庫殿もその御思慮を考えて申されたのである』

あるところで、林田左門、信田大和ほか四、五人が寄り集まり、四方山《よもやま》の話から、兵法の話に花が咲いた。

その中に若侍がいて、その体格、力量ともに備わるとの自信と血気があり、万事強いことが好きだといい、みんなに向かって、

「兵法は武士のつとむべき道というが、あながち、これをつとめなければ、武儀成らずということでもあるまい。心さえ臆《おく》しなかったら、たとえ兵術を知らないでも、高名《こうみょう》をあげることができる」

と、いたけ高になっていった。

左門は、これを聞いて、

「なるほど、そのほうの申すことに一理はある。さりながら、心剛き上に兵術すぐれておれば鬼に金棒《かなぼう》であろう」

「いや、一心さえ働かば、たとえ木刀仕合なりとも、むげには負けはせぬ」

「それは、よい心がけじゃ、いざ参ろう」

ということになって、若侍と左門は庭にとび下りて、あたりを見ると、庭木の添え木に結びつけた一間《けん》ばかりの、すももがあった。

「これで、お相手いたそう」

若侍は、それを引きぬき、土のついたのをぬぐい、二つ三つ打ち振って手に持った。

左門も座敷を立って、縁側を見ると、木刀があったので、これさいわいと、手にとって、庭に下り立ち、

「ずいぶん心のおよぶほど精を出し、一太刀入れてみられよ」

「仰せまでもなし」

と、若侍はすももの木を斜にかまえてかかってきた。左門も木刀を引っさげ向かい合った。双方の得物《えもの》が、届く距離になったとき、

「エイッ」

若侍が掛け声とともに打ちおろしてくるのを、左門は、引きはずしてとび違いざま、木刀の尖端《さき》で、若侍の額を、ちょっと打ち、

「参ったり」

と声をかけると、

「いかにも、木刀あたるを覚えたり、思いのほかの早い太刀、感服いたした」

と、すももの木を投げ捨てた。

「残り多し、いま一試合参るべし」

左門がいうと、

「いや、いやとても」

といって、若侍はやめてしまった。

二人が、座敷に上がってから、左門が、

「今後、我《が》を折られたがよい」

というと、若侍が、

「いかにも心得たり」

と答えたので、一座の面々はドッと笑った。

そのうち、若侍の額が見る見るうちに少し腫《は》れ、血もにじんだので、うわべはそしらぬ顔をしていたが、内心では、よっぽど面白くなく、無念に思ったが、どうすることもできず、その座を立った。

その後、右の次第が長政の耳に入り、若侍を御前に召したので、何事ならんかと急いで登城した。長政は、

「そちは、きょう林田左門と木刀試合をして負けたそうだが、本当か」

「御意《ぎょい》のとおりでございます」

「若者らしい、よい心がけじゃ。左門でも打ちこもうと思うたのは、勇気のすぐれたるところじゃ。若いものは、そうでなくてはものの用には立たぬ。さてまた、試合に負けたとて少しも恥でない。そのわけは、左門は兵法の名人だ。世に知られておる。そちは素人《しろうと》だから、どうしても勝てず、負けるのも道理じゃ。しかし左門に武儀で負《お》い目を感ずることはない。兵術上手なればとて、防戦において、必ず勝つとは限っておらぬ。兵術を心得ずとも高名をあげることができるのだから、別の問題じゃ。しかしとて武芸につとめないのは、武の道に生まれた道理にそむく。そちは、今日、左門に試合をして負けたとて、必ず心にかけるでない。上手が勝ち下手が負けるのは、理の当然じゃ。柳生但馬守宗矩殿、疋田文五郎に兵術を習うたとき、我意を立てて打たれたことが、たびたびあったそうじゃ。そちも、今後、左門の弟子なって兵術を学べ。習得すれば、必ず人に勝てる。必ずけいこを怠るな」

こんこんと訓《さと》され、ありがた涙にむせんだ若者は、さっそく、その夜左門の宅へ行き、殿様に言われたことを伝えて、入門の誓紙《せいし》を捧げ、それ以後、昼夜怠らず、けいこに励んだので、上手になったという』

『あるとき、長政公、猪狩りに出かけたとき、石目《こくめ》あまりの手負《てお》い猪かけまわり、鉄砲で打ち弓で射たけれど当たらず、怒りまわるところに、御立見より四、五十間《けん》も先に、若侍一人、刀をぬき、猪に向かって斬りかかるのを、長政公が見て、

「ただいま、猪に向かいたるは侍と見えたり、はなはだ無分別なり。あれに見えたる松の木

を楯に取って待ちかまえ、猪怒ってかかってくれば、やり過ごして斬り留めよ」

と仰せあったので、声々にそう呼ばわったけれど、侍の耳に入らなかったらしく、刀をかまえているところへ、猪、無二無三にかけて来たのを、とびちがってさっと斬りつければ、大骨より腹半分斬り裂かれ、あお向けに倒れたところを取り押え、脇を一太刀突き刺し、難なく仕留め〝してやったり〟と高声に呼ばわった。

長政公御前に召し出し、

「ただいまの仕方、ずいぶん太刀早き次第、見事な振舞い、若き者に似合いたる仕方だ。さりながら、無分別の第一ぞ。そのわけは、猪に逢うて手柄をたてても、さして益なきことじゃ。もし斬り損じるときは、猪にひっかけられ、場所によっては死ぬこともあろう、死なずといっても、大きな傷を負い、一生難儀をすることもある。あたら一人の武士を、せんなきことで失うては、別《べつ》して損である。最前も言うたとおり、猪怒りてかかるときは、あたりに木か石があれば、それを楯に取り待ちかまえて仕留めることがよい、小楯《こだて》に取るものなくば、ぜひにおよばぬところである。逃げはできまいから、待ちかまえて斬り殺すべきである。幸なる木楯があるのに、そちはいらざる高名だてである。合戦におよぶとき、鉄砲、弓にうたれて血がかかり、または武士と武士との出逢い、鎗《やり》を合わせ突き伏せて高名するならば、畜類《ちくるい》を仕留めるなどとは比べものにならぬ。もし猪を切り留め得ずに、牙《きば》にかけられたら、見苦しいことゆえ、今後はよく心得よ」

と仰せられた』

『あるとき、長政公御館の表へ出給うたところ、刀掛けに三尺余の刀を掛け並べてあったので、何者の刀ぞとお尋ねになったので、身分軽い侍の刀であると答えると、

「さても気味よき刀なり、若き者には似合いたり」

と仰せあるを、おそば回りの侍これを聞き、さては殿は長い刀を好み給うと心得、三尺余りのをきれいにこしらえ置き、ある日の鷹野の供に、右の刀をさし、お目通りをあちこちかけ回り、いかように御意にかなうことだろうと、自慢顔をしていた。

さて鷹野より帰らせ給い、その暁、鷹野鳥料理仰せつけられ、御家老御相伴《ごしょうばん》にて、いろいろお話しのついでに仰せられるには、

「すべての人たる者、分限を忘るるということ大いなるあやまちである。たとえば、知行を取らせおく侍は、かりそめに出るにも鎗をもたせるのは、もしものことあれば、鎗をもって事を決すべきためである。歩行の者のごときは、鎗持ちがおらぬゆえ、長い刀を好んで得《とく》なことがあろう。

しかるに、三千石を取る侍の倅《せがれ》で、三尺余の刀をさし回るものありと見た。定めて手に合いたればこそ持っておるのであろうが、身体に不相応の体《てい》たらく、近ごろ見苦しい。みなこれ、心得違いなり。彼の親、これほどのことをわきまえないものではなし、少しは立ち走りの心がけもあるであろうに、どうして意見をしないのか。

こういうたとて、武士は鎗ならでは勝負すべき道具なきようなれど、さにはあらず。鎗のいるところでは鎗、刀を用うべきところでは刀、脇差をもってすべきところは脇差と、みな場所によることである。ほかの道具もその場所によることである。そのうち脇差は常住腰を放さぬ道具であるから、手に合うたものを差すべきであるけれど、分限不相応なれば、徒《かち》の者めいておる。

これみな研究不足のためだ」

と大いに笑われた。かの何某《なにがし》、次の間にてこれを聞き、自分の思いとかわっていたので恥ずかしく、右の刀を二度とささなかった』

『長政公筑前御拝領御入国以後、ある日鷹野に出給う道筋、御駕籠より二、三十間ほど先の道端に、誰ともわからぬ一人、刀を一腰さしかざし、かしこみ居るを見給い、あれは何者ぞ、見て参れと仰せつけになったので、お侍衆一両人かけ出し、

「何者なれば、お通りの道筋に、まかり出《い》でおるぞ。尋ねて参れとの御意なるぞ」

と言うと、彼《か》の者のいうには、

「それがしこと、何村の何と申す百姓でござります。この二、三夜、つづけて夢想《むそう》のお告げをこうむり、この刀先祖より代々相伝《そうでん》のところに、殿様へ差し上ぐべきよし両夜つづけて夢の告げありましたが、いかがわしき、また上《かみ》をはばかる心にて、その分に差しおきましたところ、また夜前《やぜん》の夢想に、今日殿様、この道筋を通らせ給うゆえ、持ち出して差し上げよ、

わが家にあるべき刀にあらず、とたしかにお告げあり、両三度のお告げもだしがたく、恐れながら、かくの如くにござります。しかるべくお取りなし願い奉《たてまつ》る」

とのことなので、長政に報告すると、

「その者、召し連れ参れ」

とのことなので、御前に連れて来ると、長政その者を見給い、

「そなたの夢の告げ聞きたい」

というので、彼の者、右のとおり答えたところ、長政のいうには、

「不思議な夢想を見るものである。予も昨夜、夢を見た。お前が、今日、この道筋に出て、刀を予に与えるゆえ、その刀をもって、お前の首を刎《は》ねよ、とのたしかな夢想の告げがあった。お前の夢と合うておる。これ天よりの指図なれば、黙止《もだし》がたし、ただいま首を刎ねるゆえ、予を恨むな」

と答え、すぐにからめ捕るようにお傍衆に命じ、その男の持った刀で、即時に首を斬らせた。調べてみると、この男、敵方の刺客であった』

『黒田兵庫は如水の同腹の弟であった。生まれつき実直で、平生から柔和であった。智慮も厚く、物に動ぜぬ人であった。

如水公も長政公も、ひとかたならず厚遇したので、御家中の諸士末々に至るまで敬わない人はなかった。

播州以来、如水公の御左の先手《さきて》として、高名も数度ありし人である。如水公豊前十二万石の中にて、一万二千石の領地つかわし置き給いけれど、少しの驕《おご》りもなく諸事謙退《けんたい》の心のみで、下に近き人であった。長政公の後見となり、毎々諫言を申されたのにその身佞奸邪智《ねいかんじゃち》の心なければ、申し上げる事ごとに理に叶うているので、長政公別して御得心遊ばしければ、如水公も御喜悦ひとかたならず。登城のときも、長政公御座所より、敷居を境に兵庫殿座しておられたので、御家老衆はさらに末座にいた。

長政公が、ぜひ兵庫殿これへと再三仰せられたとき、ようやく敷居をこえ、ずっと末座に伺候《しこう》し、敬いたる体にておられた。

また道にて長政公に行き逢いたるときは、馬より急に飛び下り、地に頭をつけられたので、長政公も御駕籠より下り給い、兵庫殿を、そばへ寄せ、

「別して迷惑に候、お通りあれ」

と仰せになったが、なお頭を下げていた。

その後、御館で人のおらぬとき、ひそかに長政公に申し上げたのは、

「先日、路次にてのお辞儀さりとは、いらざることでござる。御前を恐れて頭を下げ敬い申すのでは、さらさらござりませぬ。まだお年若の殿なれば、御家中の諸士、若くば軽《かろ》しめ申すこともあらんかと思い、それがし敬い申す態《てい》を見せ、御家中の諸士に、兵庫殿さえ、かくのごとしと心がけさせ、末々まで敬わすべきためにござれば、今後は、路次にてお逢い申す

とも、おかまいなく、おうようにお言葉をかけて通られよ」

と。

そのほか、何事によらず如水公を何かと取りわけ敬い申されたので、御家中の諸士、長政公を尊敬し奉ることなり』

後藤又兵衛の出奔《しゆっぽん》

慶長十一年（一六〇六）の晩春の早朝、後藤又兵衛基次《もとつぐ》が、家来たちが止めるのも、供を願うのも振り切って、単身、馬にまたがって西へ向かって旅立って行った。

「殿のご不興《ふきょう》をうけておるのは、おれ一人じゃて、うぬらに係わり合いはない。おれが勝手に身を引くのじゃ、かまわんでくれい。この際堪忍《かんにん》ならぬと見たゆえ、お暇《いとま》申すまで、うぬらは残らねばならぬぞ、粗忽《そこつ》の沙汰あっては、うぬらの不為《ふため》ぞ」

という言葉を残して——。

五十二万石の福岡藩で、小隈城主で一万六千石といえば母里太兵衛の一万八千石に次ぐ大《たい》身《しん》であった。

その高禄を食《は》んでいる基次が、それを振り捨てて、単騎、無断で退去したのだから、藩内では大さわぎになった。

又兵衛は長政より九つ年上である。

長政が松寿丸と呼ばれていた少年時代から、いまでいえば「学友」のような役割で、そばにつきっきりで世話を焼いた。

乗馬や鎗術や剣術も又兵衛が仕込んだ。

長政の十五歳の初陣のときにも、又兵衛はともに出陣した。以来、長政の戦うところには、常にかたわらに又兵衛がいた。

長政の若さ、その烈しさを、父の官兵衛よりも自分に似ていると、いつも好意の目で見つめていた。

慎重に小心《しょうしん》に部下を厚く前方へ進めて瀬踏みしてから、ゆっくりと本陣を移動させるほかの大将たちのやり方を考えると、きかぬ気で、常に自分が先陣に立とうとする長政を、困った癖だと思いながらも、又兵衛はこの主人に満足していた。

押しも押されもせぬ大将となった今日も、たれはばからず武士の面目を発揮するいい男だ、男らしく生まれてきおったと、いくたび胸を熱くしたかしれなかった。

賤ケ岳合戦、四国征伐、島津征伐、朝鮮の陣、豊前の平定戦、関ヶ原合戦。

どの戦いにも、影の形に添うごとく、ともに出陣し、長政の危難を救ったことも、いくたびかあったが、そのことで恩きせがましいことを言ったことは一度もなかった。

くずれかかった百姓家の中で、一枚の蓆《むしろ》にくるまって、体を暖め合いながら寝たこともいくたびかあった。

まるで、兄弟以上の親密さで、お互いに遠慮のない口をきいた。

朝鮮で、又兵衛がこの鎗で虎を退治したと自慢したとき、

「武士の鎗の使いどころは、畜生が相手ではなかろうに」

と長政に憎まれ口をいわれても腹も立たず、

(自分ができなかったくせに)

と腹の中で、笑ってすませる度量もあった。

そんな二人が気まずくなったのは、ある日、自分の家来から、

「先日、殿が夜《よ》ばなしの席で、もし自分に万一のことがありとすれば、自分に代わって当家の指揮をとるものは、だれであろうとおたずねになりました。そのとき菅政利どのが進み出て、家中広しといえども、ご名代として殿にまさる武辺者《ぶへんもの》は、後藤又兵衛をおいてほかにはあるまいと答えられました。一同がもっとももっともとあいづちを打ったところ、殿はえらく不興になられ、お顔色を変えて席を立たれました。菅政利どのは、あとで殿のごきげんを結ぶのに、えらい苦労をしたという話です」

と忠義顔にきかされたときからである。

(吉兵衛めが、そこまでわしを嫌うておったか)

歯ぎしりする思いで吉兵衛長政を恨んでみた又兵衛であったが、いまは亡き如水から、

「又兵衛、お前は他の家来とちがいわしの友であった後藤基国どのから預かった者じゃ。わしを父親と思い、松寿丸を弟と思うて黒田家に仕えてくれ。さいわいお前は武功にすぐれて

おる。松寿丸の武辺については、お前にまかせる。一軍の将として物の役に立つ男に仕立ててくれ」

と、ことあるごとに言われていた。

如水のひと粒種である長政を一人前の武将に仕上げることが、父親代わりにめんどうをみてくれた如水への報恩の道だと信じ、長政の訓育にはげんできたつもりである。

又兵衛の父後藤基国は播州土着の豪族で三木城主別所長治に仕えていた。

同じ播州御着城主小寺政職の家老であった黒田如水と親交を結び、三木城が秀吉の攻撃にさらされたとき、如水に長男の又兵衛を託して討ち死にした。

すでに一人前の若者であった又兵衛を、如水は亡き友に代わって大切に育てた。他の家来たちと同列におかず、わが子同様に扱った。

又兵衛は天性の戦士だった。氏素姓《うじすじよう》は黒田家よりはるかに秀《ひい》でた、先祖伝来の武勇の血が又兵衛には濃厚にひきつがれていた。

若いころから戦場では、歴戦の老勇士が舌を巻くカンの冴えを見せ、敵味方の進退、両軍の勝敗など、遠くから音を聞き、はるか前方の土煙を見ただけで、ぴたりと言い当てて違うことはなかった。

気力は人並みはずれて猛々《たけだけ》しく、体軀は衆にぬきんでていた。

戦陣の往来では、松寿丸は父の如水よりも又兵衛と共に過ごすことが多く、成長して、吉兵衛長政と名のるころには、ひとかどの武辺者に育っていた。

「あれは一向にわしに似ぬ、大名の子とはいい難い、荒武者に育ってしもうた。家来より先に立って戦いたがるし、短慮、粗暴は困ったものじゃ」

と、軍師としての自分とは、あまりにも武骨者に育ったとして如水がなげくほどになってしまった。

(それは、わしの責任じゃ)

と反省してみる又兵衛は、兄のように自分を慕っていた長政が、自分と武功を競う好敵手として自分を眺めだしてきたのも、自分の訓育のせいだと、頼もしく思ってきたのだが、競争心が昂《こう》じて、こちらを敵視するとは、

(あまりにも水臭い)

と感じる又兵衛だった。

晴れやらぬ思いでいる又兵衛が、決定打ともいうべき、長政のきびしい言葉に接したのは、家来の話をきいてから十日ばかりたったときであった。

「他国との交わりを止めよ、その約束を書類にして提出せよ」

と長政からいわれたのである。

又兵衛は世に知られた名士だから、顔が広く、従って諸国の武将たちとの交際も広かった。

これを大名の立場から見た場合、家来が御主《おしゅう》大事と仕えてくれなければ、沽券《こけん》にかかわり、それほどの大物は、凡庸な主君には制御できないということになる。

長政がこういうことを言い出したのは、そういった理由からであった。

これが又兵衛の胸にぐっとこたえた。わが家に帰ってから誰もいないところで、

「長政何ものぞ、子供のときから、ともに月日を送ってきたが、大したものではないではないか。朝鮮のときのだらしなさは何だ」

声に出していった。

朝鮮の役《えき》で、嘉山の戦いのとき、長政は李応理と名のる強敵に組みつかれて川に落ちこみ、水牛の兜の角のさきが見えかくれしているのに、又兵衛は、長政が自力で這い上がってくるまで救わなかった。

顔が紫色になって、よろめきつつ岸辺にたどりついた長政に、

「若殿《わかとの》、天晴《あっぱ》れでござった」

又兵衛が声をかけると、長政は嚙みつきそうな顔になって、

「ぬしあ、手出しもせずに見ておったか」

「勝負はわかっておりましたから」

又兵衛は、そう答えて長政に背を向けた。

勝負を察していたのは本当だが、自分の意見をいれず、苦戦におちいった長政を、しばし

こらしめてやりたい気持ちもあったのである。

朝鮮の役では、戦さ巧者《こうしゃ》として後藤又兵衛の名は参陣した諸大名の間に広く知られた。

黒田家の後藤又兵衛ではなく、いつの間にか又兵衛の名が黒田家に先行しはじめていた。

朝鮮の役につづいて起こった慶長五年の関ヶ原合戦の前夜にも、こんなことがあった。

東軍徳川方に属した田中吉政、藤堂高虎、黒田長政などの軍勢が、大垣城を攻めようとして長良川の上流の合渡川まできたとき、対岸に二万の敵勢が待ちかまえていた。

諸大名が額を集めて、川を押し渡って戦うのが利か、敵が押し渡ってくるのを待つのが利か、慎重に協議したが結論が出ない。

そのうち藤堂高虎が、

「黒田家には後藤又兵衛という名だたる戦さ上手がおる。あれを呼んで意見をきいてみたらどうか」

ということになった。

長政が不快な顔をして、

「何の、又兵衛ごときが」

と反対したが、諸大名はきかない。

そこで又兵衛を呼び寄せたところ、銀の天衝《てんつき》の立物《たてもの》を打った大冑を着た当人が、悠々と姿を現わし、

「川を渡る、渡らぬなど進退に迷っているときではござるまい。ここで奮戦せずば、徳川公に申し開きのできぬ立場でござろう。勝つの負けるのを案ずるより、ここを墓所《はかしょ》と定めて川を押し渡るお覚悟が肝要かと存ずる」

「なるほど、もっともじゃ」

諸大名は納得して、直ちに渡河することになった。

黒田勢は、川上の藤内瀬という浅瀬を発見して対岸への一番乗りを果たしたが、このとき真っ先に川を渡った又兵衛は、近寄る馬上の鎧武者を、鎗先で一突きに、突き落としてから、

「後藤又兵衛基次、一番乗り！」

と勝ち名のりをあげたが、合戦の最中のこととて、ついうっかり、主家の名を先に言うのを忘れてしまったのである。

「うぬは自分の功名だけが大切か、黒田家の臣たることを忘れたか」

同じ武辺者として競争心に燃えた長政から面罵《めんば》された。

二年前の慶長九年、如水が死んでから、長政と又兵衛の間は、ますます冷え切った。

「吉兵衛との仲違《たが》いは、やっぱりあのときからであった」

又兵衛は十七年前の城井谷の宇都宮殺しのことを思い出していた。

黒田家が秀吉の九州征伐ののち、豊前六郡のうち十二万石をもらい、中津川に城を築き、

領内の平定にのり出したとき、城井谷城主宇都宮鎮房は、鎌倉時代以後の名門を誇り、

「何の目薬屋風情《ふぜい》が!」

とあざけって、容易に服従しなかった。

これは、黒田家の遠祖高政が、浦上村宗の軍に追われ、備前国邑久郡福岡から播州姫路に近い御着で「玲珠膏」という目薬を売り出し、五、六十人の下男を雇うほどの財をなしたことを指していた。

城井谷城を攻めたが、長政は一敗地にまみれて命からがら逃げ帰った。

やむなく講和を結び政略結婚がおこなわれ、鎮房の妹千代姫を長政の妻に迎えた。

しばらく時をかせいだのち、長政は、鎮房を酒宴の席で殺害する計画をととのえた。

家臣が鎮房に酒をつぎ、

「もっと肴を」

と長政が声をかけるのを合図に、十六歳の又兵衛の息子の太郎助が三宝に肴をのせて現われ、討ち手をすることになっていた。

又兵衛は、そんな卑怯な手を使うのは反対なので、太郎助を押えて立たせなかった。

太郎助が現われないので、長政は再度、

「もっと肴を」

と焦《いらだた》しげに声をかけた。近臣野村太郎兵衛が太郎助に代わって三宝に肴をのせて現わ

れ、鎮房に近づくやそれを投げつけざまに、鎮房に斬りつけた。

お供の武士たちも斬り死にし、中津の合元寺の白壁に赤い手型を残して死んだ。

鎮房の老父にも追っ手がかかり、一族十三人が耶馬渓を縫って流れる山国川の川岸で、磔にかけられた。長政の妻になった千代姫も投獄され、磔柱の立てられるのを聞きながら辞世の歌を詠んだという。

誰が言い出したか、鎮房を鎗で刺して最初に仕留めたのは、又兵衛だという噂がたった。

彼は、ことがことだけに必死になって弁解はしなかったが、にがにがしく思っていた。

このとき、長政の命令にそむいた太郎助は、その後長政に嫌われて、近習をやめさせられたばかりか、いまは勘当されて出仕もできない。

このままでは、太郎助が後藤家の跡を継ぐことも許されそうになかった。

とにかく、又兵衛と長政の間に冷戦状態がつづいているうちに、ついに破局を迎えるときがきた。

慶長十一年二月、江戸城本丸の石垣つくりの命令が下ったとき、長政がそばに又兵衛がいるのに、一言の相談もなく、

「それは母里太兵衛に命じよう」

と独断で決定したことである。

このごろは、戦さらしい戦さもなく無聊《ぶりよう》をかこっていた又兵衛は、虫のいどころが悪

かったか、発作《ほっさ》的に、

「恐れながら、この又兵衛にお暇をたまわりたいものでござる」

と言って出た。心の中で、いらざることをしゃべったと後悔したが、すでに長政の耳に届いていた。

「主のおれが、気にくわぬか」

売り言葉に買い言葉になった。

（二年前に死んだ父の如水が生きておったら、こんなことを言い出すはずがない。二代目と思っておれをなめているのだろう）

という気持ちが、あらわに顔に出ていた。

「もはや、手前ごときは、御用のない者でござれば」

それをきくと、長政は席を蹴って立った。

こういう言い方こそ、長政が嫌っていたものであった。むかしとちっとも変わらず、五十二万石の太守になった自分、父の如水が二年前に死んで、文字どおり福岡藩の独裁者になった自分に、あいかわらず同じような口のきき方をする又兵衛が、きょうほど嫌いで憎いと思ったことはなかった。

しかし長政は、自分の部屋に帰って一人になると、前代からの功臣の又兵衛を城から追い出すというような気持ちにはなれなかった。

（お互いに虫のいどころが悪かったのだ）

と考えると、現在の地位の長政としては、天下の思惑、他国への聞こえというものも軽くは見られなかった。

又兵衛ほどの男は、いつかは入用になってくるという理性も働いていた。

こうして、なんとなく憂鬱で、悶々として一夜を明かした翌朝、長政は又兵衛退転《たいてん》の報告をきいたのである。

（まさか）

という気があって、

「誰ぞ参って引っ立ててこい」

と命じたが、又兵衛の後を追って三十名ほどの家来が従っていったときいて、二度びっくり、それが怒りに変わって、

「討ち取ってこい」

と命じたが時すでに遅く、すでに西の小倉藩領へ入ってしまった後だという。

「おのれ、又兵衛、おれを見すておって！」

唇を嚙んだが、あとの祭りであった。

小倉藩主は三十二万石の細川越中守忠興である。

関ヶ原合戦に先立ち、妻のガラシヤが大坂城へ人質となって入ることを拒んで、火中で壮

烈な死をとげたことはあまりにも有名だ。

藩境をこえて入ってきた又兵衛一行を、細川家は二百挺の鉄砲隊を立てて迎えた。火縄に火を点じて、黒田家の人数を追い払う用意までしていた。

「又兵衛どのには、浪人して上方へ参ると申しております」

という家来の口上に、忠興は、さっそく会ってみる気になった。

「甲州（長政）のほうへは、わしが話す。多少めんどうも起ころうが、当座のところ、その方《ほう》を客分として扱っておく。扶持《ふち》は五千石とらせよう」

「ありがたくお受けいたします」

出奔した黒田家のときの三分の一にも足りなかったが、又兵衛は、あっさり承知した。

客分としての平穏な毎日がつづくと、あれほど憎いと思っていた長政のことが、しきりに思い出された。

ことに松寿丸といわれた時代の長政を……。

十歳で人質に出るころの松寿丸は、負けず嫌いの腕白坊主で、又兵衛は相撲の相手をよくつとめた。

遠慮なく放り投げ、わざと負けてやったことなど、一度もなかった。口惜し泣きする松寿丸を、泣くとはなにか、男ではないかと叱りつけた。

ある日、相撲に負けた松寿丸が、やにわに刀を抜いて背後から斬りかかったことがある。

危うくかわして刀をもぎとり、足払いをかけてその場に転倒させ、うつ伏せになった背中を足で踏みつけ、「卑怯者、それでも武士か」と怒鳴ったことがある。

松寿丸は起き上がろうともがき、やがて地面を両手で叩きながら号泣した。

見ていた者が、主人の子を足にかけるとは、と憤慨して如水に告げたが、如水は又兵衛を、咎《とが》めなかった。そのときのことを考えると、

「長政どのがわしを嫌ったのも無理はない」

と、改めて思ったりする又兵衛だった。

彼が細川家に仕官したことを知った彼の家来は、ひそかに福岡を抜け出し、細川領にまぎれこんで、彼のもとに集まり始めた。

これを知った長政は怒って、

「当家を出奔した者を、勝手に召し抱えるとは怪《け》しからぬ。成敗《せいばい》するから、直ぐに引き渡してもらいたい」

と厳重に抗議する。忠興は負けずに、

「本人が随意にわが領内に入り、仕官したいと申すゆえ、召し抱えたまで。当藩で召し抱えたる男を、引き渡すべき理由はない。過去は過去、現在は当藩の藩士じゃ」

と一向に応ずる気配はない。

両者の応酬は、幕府にも聞こえた。

ある日、又兵衛が風呂に入って、いい気持ちで湯につかっているところへ、福岡藩でそれと知られた菅和泉政利が、突然裸体であらわれ、同じ湯槽《ゆぶね》の中に、ずかずかと入ってきて、又兵衛と顔を見合わせて坐った。

二人は、たびたび戦場でともに戦った戦友であった。

「和泉か、どうしてここへ来た」

「馬でくれば目立つゆえ、福岡から歩いてきた。おれの一存で、歩いてきた」

「おぬし、おれに戻れと言いにきおったか」

「帰れと申して、戻る男か、じゃが思い切ったことをやったのう」

「吉兵衛（長政）腹を立てておったか」

「怒っておるとも、やはりおぬしを手放すのが惜しいのじゃ」

「おれに、もう用はないはずじゃ」

「どちらも気の強い奴が、言い出したら癇の強い馬のように後へ退かぬ。取り返しのつかぬことをしおって、間《あいだ》におる、おれたちのことを考えてみい」

「出来たことを、いまさらどうなる。又兵衛のいたしようが気にくわぬとあったら、首を取りにきてこそおれの友だちじゃ。歴々《れきれき》が面《つら》を寄せて、愚痴を言い合っておるのか。吉兵衛がむかしとちがって、体裁《ていさい》ばかりの男となったゆえ、気にくわぬと思うておったら、旗本のおぬしまで、そこまで落ちたか」

「又兵衛聞いてくれ、おれは誰に相談もせず、おれの一存で出てきた。不承知とあれば、おれは、この場を去らぬつもりじゃ」

「何じゃ、言うてみてくれ」

「和泉の頼みじゃ、おぬしほどの男が気がつかぬか。おぬしの主取《しゅうど》りは、おぬしの勝手じゃろうが、豊前は筑前の隣りじゃ。近過ぎるわい、せめて間に一国あればじゃ」

「な、何という……」

「わが殿があの気性じゃ。またこちらの越中守どのも、強情な御仁《ごじん》じゃ。おぬしのために、どちらもゆずらず、弓矢にかけてもとなると、国境は地続き、押し出すにじゃまはなしとなればどうじゃ」

「………」

又兵衛の顔色が変わった。

「そこまで来ておるわ、意地と意地じゃ。なんとする？　江戸にも聞こえたげな。この扱いに、人をつかわされたという噂さえ入っておる」

一瞬、又兵衛の頭の中に、福岡から自分を頼ってきた家来のことが横切ったが、それを振り捨てるように、首を横に振って、

「よう分かった、去《い》ぬるわ」

「なに、承知⁉」

「それとも、腹を切れというか」

無邪気に腹を撫でて質問したときには、いつもの又兵衛の顔にもどっていた。

菅和泉政利は、感きわまって声が出ず、ただ首を横に振って、否定の意をあらわすだけであった。

「そうか、去《い》ぬるだけでよいか」

又兵衛は単純に、そう答えた。

政利がいったように、黒田、細川両家の紛争に、徳川家から人を向けようとしていたのは事実で、上方筋の留守居役から、風聞《ふうぶん》として藩庁へその報告が届いていた。

忠興が気を使って、そのことを又兵衛の耳に入らぬように努めていただけであった。

家康、秀忠父子も、おそかれ早かれ、淀殿、秀頼が動かずにがんばっている大坂城に手を入れねばと考えていたので、黒田、細川のような有力大名が不和になり、事を起こすようなことになっては、味方の分裂になり困ることになるので、上使を派遣して説得せねばという話が、幕府の老中の間で持ち上がっていた。

それが両家にも伝わって、上使を受けては事が面倒になるので、後藤又兵衛に立ち退いてもらうのが穏当だが、という話が両家の重臣の間で持ち上がっていた。

その空気を敏感に嗅ぎつけて、政利がいち早く報《し》らせてくれたわけである。

又兵衛が自分から進んで、辞退したいと申し出ると、重臣からすべてのいきさつを聞き

知っていた細川忠興は、

「残念だが、やむをえぬ」

とあっさり聞き届けてくれた。

そして、さらに、

「又兵衛を置くのが面倒だということはよくわかったが、又兵衛の伜《せがれ》たちをおれが預かって置くことには、誰も故障はなかろうが」

と付け加えた。

これは重臣たちも予期せぬことだった。

又兵衛は、巨体を熱くして感激して、しばらく返答ができぬくらいであったが、眼に涙をためて顔を上げ、

「御恩は千万かたじけのうござる。不肖《ふしよう》の者でお役に立つかどうかわかりませぬが、命をかけてのご奉公を願えるならば、この上もない幸せに存じます」

と畳に額をすりつけた。事実、福岡から後を追ってきた家来を、いかにすべきか、と案じていたところである。

「左門（忠興の子）に、おぬしのこれと思う家来を付けておいてくれれば、これに越したことはない」

忠興は、自分の処置に満足して、きげんが良くなり、自分の点前《てまえ》で茶を立てて、又兵衛に

振舞ってくれた。

重臣の中で、松井佐渡、有吉頼母が相伴《しょうばん》して雑談になったとき、忠興が、

「筑前（長政）とおれが、もし戦うとなったら、勝敗は何となろうのう」

ときいた。又兵衛はしばらく小首をかしげてから、

「ご両家限りの戦さでござれば、ただいまのところは筑前守に歩《ぶ》がございます」

遠慮のない発言に、忠興は急に不興げな顔になり、

「よく言うわ」

といったなり、一座は白けてしまった。

こういうところが、又兵衛が長政の不興を買い、出奔の原因になったのだが、このような無遠慮な発言をするところが、又兵衛の又兵衛たるゆえんでもあった。

まもなく又兵衛は、妻子も家来も残して、小倉を離れた。従うのは、下男の馬蔵一人である。

宮島へ向かう船中で、長政のことを思い出したか、

「吉兵衛（長政）はつらいのう」

と口に出してつぶやいた。

「つらい？　殿様がでござりますか」

「戦場へ押し出しておけば、あれは好い男じゃ、その戦さがなくなってはのう。太平となっ

て筑前五十二万石の太守、こりゃ出世じゃが、たかだか筑前一国に、えろう高い値段を払うたわ。いや、戦場の手柄のことではない。吉兵衛という男の身上をな。男惚れするよか器量の男が、あたら腐《すた》り物じゃ。おのれの鎗でかせいだ五十二万石ゆえ、見上げたものといえようが、これが吉兵衛を縛る。どこまでも振り放せぬ荷物となって、人前の行儀、言葉づかいにまで五十二万石が、ちらつくようになっては、吉兵衛はむかしの吉兵衛ではない。惜しい男よ。このたびのおれの不行儀《ふぎようぎ》に真っ赤に怒って討っ手を差し向けてこそ、おれが一緒に育ってきた吉兵衛じゃ、世も変われば、人も変わるわ」

馬蔵は、それを聞いていて、又兵衛は筑前の殿様に未練があり、出奔したことを後悔しているのだと単純に考え、お気の毒にと同情した。

数日後、安芸の宮島に着くと、広島城主福島左衛門大夫正則の家来で、又兵衛と面識のある船波治重という男が、使者として船でやってきて、

「当家の主人が貴殿を召し抱えたい、といっているが、禄高はいかほどお望みか」

とたずねた。

「三万石を頂戴いたしたい」

と答えると、怪訝《けげん》な顔をして帰って去った。

福島家の城代家老の福島治重が三万石、第二家老の石見正勝が二万石。

黒田家で一万六千石だった又兵衛としては法外な要求であった。

船波治重は、帰って主人にそう伝えますと答えて去って以来、何の音沙汰もなかった。

それから半月ののち、又兵衛は京都に現われて、小さい家を借りて馬蔵と住んだ。

又兵衛が上洛しているときいて、数家の大名から仕官の話にやってきたが、黒田、細川両家の確執の話や、福島正則に三万石と吹っかけたことを知って、みんな尻ごみしてしまった。

長政は又兵衛が京都にいることを知って、大剛《だいごう》の者二人に首を討って参れと命じた。

二人が京都に上って、又兵衛の家の前で待っていると、裃を着て下男の馬蔵を連れて家から出てきた。そして、二人を見て、

「おれを討ちに出てきたか」

と声をかけた。二人は斬りかかろうと思ったが足が一歩も動かない。

又兵衛は、さっさと行き過ぎてしまった。

このうちの一人が、

「後藤の勇気には敵《てき》し難い。使命を果たし得なかったのだから、二人で刺し違えて死のう」

と言った。他の一人が、

「わしも同意だが、ここで死んでは知人もないので、何のために死んだかわからず犬死ににになる。ひとまず帰国して、主君にお詫びを申し上げてから切腹しよう」

と答えたので、それももっともだ、というので福岡に帰って、事情を言上すると、長政

は、

「又兵衛を斬れと申したのは、おれの過ちであった。そちら両人が臆したのではない」

と言って、逆に百石宛《ずつ》加増された。

慶長十九年、家康がいよいよ大坂城に手を出すという話が聞こえると、又兵衛は鎗一筋をかついで、のこのこと入城した。

秀頼や大野治長が大いに喜び、三千人扶持を与えたが、軍中では不要といって断わり、持参した十両ほどで貧苦に耐えた。

冬の陣で、最も、激しかった十一月二十六日の今福、鴫野《しぎの》の戦いで、木村重成と共に奮戦、負傷にもめげず、佐竹義宣にうばわれた今福を奪還した。

夏の陣の軍評定《いくさひょうじょう》のとき、又兵衛は、

「国府越くらがり峠に討って出て、地の利を選んで戦うよりほかありませぬ」

と言って、大和口の先陣をうけたまわり平野へ出陣した。

又兵衛が大坂城にありと知った家康は、

「惜しい男を敵にとられた」

と悔《くや》しがり、相国寺の瑶西堂を使者として、

「関東の味方に参らば、播磨一国を進上いたそう」

と申し入れさせたが、又兵衛は笑って、

「仰せまことにかたじけないが、お味方いたすのは思いもよらぬことでござる。いま大坂の勢い強く、関東危うきことなれば、別な考えもござりましょうが、いま大坂の運傾き、秀頼公のほろびんこと近きとき、二心を抱くことは弓矢取る者の道ではござらぬ。このよしを家康公にお伝え下されい。いま日本国に弓取り多しといえども、又兵衛ほどの者ありとは覚えず、去年より又兵衛をお頼《たの》みあるは、高麗までも攻められし豊太閤の嗣子《しし》でござる。また又兵衛内通せば、天下分け目の戦さ、たやすく破ることができようとの徳川どののお言葉身にしみてありがたく存じます。天下の勝敗を又兵衛一人が身にかけて下さったことは、死んでも冥途の面目でござる。又兵衛生きてあらば、一日で破られるべき大坂城も十日は支《ささ》えることができましょう。又兵衛死したりと聞かば、百日守るべき大坂城も一日のうちに破れましょう。又兵衛は早く討ち死にして、徳川家の御恩に報いましょう」

と答えたので、瑶西堂も返す言葉がなかった。

長政は又兵衛が大坂城へ入ったときいたとき、

「大坂には基次以上のものはおるまい」

といったそうだが、関ヶ原合戦にあれほど家康に使われた長政が、冬の陣では江戸に留めおかれたのは、又兵衛の大坂入城と無関係ではなさそうだ。

「長政は豊臣の恩顧を忘れておらぬ」

という噂が家康の耳に入った原因も——。

夏の陣の五月六日早暁《そうぎょう》、真田幸村、毛利勝永の両将とおちあい、共に奇襲する予定だったが、両将がこないので、二千八百の兵をひきいて道明寺方面へ向かって進んだ。午前二時ごろ、敵のほうが先に後藤隊を発見、遭遇戦が始まったが、又兵衛は近くの要地の小松山を奪い取った。

午前四時ごろ、山上の有利な地を占める後藤隊が、山下の水野勝成隊と苦戦しているところへ、伊達政宗隊と松平忠明隊が到着、後藤は三方から敵に囲まれてしまった。

後藤隊は、山をかけ下りて突撃したが、側面から敵をうけて退却、又兵衛が先頭に立って兵をととのえているとき、飛弾が厚い胸を貫いた。すでに正午になろうとするときだった。行年五十六歳。

山陰の鳥取市の景福寺に又兵衛の墓がある。

又兵衛の末子為勝は幼名を弥右衛門といった。出陣にあたり又兵衛は妻と弥右衛門を妻の実家である池田輝政の家臣三浦四郎兵衛に預けておいた。池田家はのちに岡山から鳥取へ転封になった。為勝は二十歳のとき千五百石を給せられ、元禄四年七十七歳で死に、その子刑馬（又兵衛の孫）が父の墓を建てるとき、祖父と祖母の墓も同時に建てたものである。

小河内蔵允《くらのじょう》の場合

長政には、後藤又兵衛のような短気者の家来がいた代わりに小河内蔵允《くらのじょう》のような、悠長な家臣もいた。

長政がまだ豊前中津十二万石の領主のころ、彼の口ききで小姓の吉田喜助が小河伝右衛門の娘の婿養子に入ることになった。

中津の家中はおどろきの目をみはった。

このころ、中津藩の家老は栗山四郎左衛門、井上五郎左衛門、母里太兵衛の三人で、小河伝右衛門はそれに次ぐ功臣で、いわば黒田家のナンバー4であった。

栗山の六千石にくらべれば千石少ない五千石で、家中屈指の大身、かずかずの武功をたて、朝鮮の役でも華々しい働きをして、これから悠々と骨休めというときになって病死した。後に残されたのが美人で評判の一人娘だ。

主君の長政が、この功臣の娘のために婿選びをしているということがわかると、家中の独身の若者たちは色めき立った。

五千石の後継者、ことに美しい娘の婿とあれば誰もが望ましい。

誰に幸運の白羽の矢が立つだろうと、われと思う小姓たちは、主君長政の顔色をうかがって、ひそかに胸をさわがせていた。

家中の大身の二男三男の息子たちは、それぞれ主君の眼が自分にそそがれる日がくるのではないかと、胸に描いて楽しんでいた。

小河の家を継ぐには第一に武功ある若者でなければならぬ。それとともに男ぶりもよくなくては、あの娘にふさわしくないぞ、などと噂しきりであった。

その婿に選ばれたのが吉田喜助であった。

家中の人々は、あっとおどろいた。

喜助は、おっとりとして、どことなく愛嬌のある目鼻立ちの若者であるが、武運拙《つたな》くこれといった手柄をたてたことがない。

そのうえに親の吉田善兵衛も、また知行地も定まらぬ軽輩である。

家中屈指の勇士の家を継ぐには、およそふさわしからぬと誰もが思っていたのだから、おどろくのも無理はなかった。

しかし喜助は、殿の長政のお気に入りであった。

喜助が小姓にあがったのは十三歳のときで、そのころは他の小姓と並べてみて、ひどく見劣《おと》りがしていた。

愛らしくはあるが、どことなくぼんやりしていた。

愚《おろ》かそうではないが、利発さは少しも見えなかった。

気の利《き》いた小姓たちの中に、いつも別な者のようになって、鈍《にぶ》くふるまい、自然朋輩《ほうばい》たちにも侮《あなど》られ、なぶり者になっていた。

鼻を弾《はじ》かれたり、耳をひっぱられたり、擤《か》んだ紙屑を襟元に吹っかけられたり、意地の悪い奴に、頭を後ろから叩かれて知らぬ顔をされたりで、喜助のまわりには、いつも愚弄《ぐろう》と悪戯《いたずら》がとりまいていた。

「ものにはなるまい、見込みのない小姓」

長政も、最初は、そう思っていた。

しかし、喜助は誰よりも根気が強かった。

なぶられても腹も立てず、出仕の間は詰所を去らず、朋輩たちが庭や外の間へ遊びに出ても後につづかず、宵から暁まで宿直《とのい》しても眠ったことがなく、膝もくずさず、冬にも寒そうな顔もせず、夏にも暑そうな風《ふう》もない。

蚊がきても他の者のように扇を使わず、ハエがたかっても平気である。

「鉄で作ったような身体じゃ」

長政も思ったものである。

ある夜、長政は家老の栗山備後《びんご》善助に急用があって、小姓を呼んだ。

小姓の多くは広間へ出たり、長屋へ遊びに行ったり、残っている者も居眠りしていた。

ただ一人眠らずにいた喜助が長政の前に出た。

「喜助か——備後に登城するように申しつけよ」

「はい」

喜助は使番《つかいばん》の詰所へ行って主命を伝えた。

使番が備後の邸へ飛んだ。

登城した備後は、

「お召しのことは、誰がうけたまわったか」

と聞く。

「喜助殿がうけたまわりました」

と使番がいう。備後は次の間へ進む。

そこには、神妙に喜助がひかえている。

「喜助、お召しであるか」

「さようにございます」

「備後が出仕いたしたと申し上げてくれ」

喜助が長政に取り次ぐ。

「急いでこれへ」

と長政はいう。そのむねを喜助から備後へ伝えて、備後は喜助の案内で長政の前に出た。

備後に限らず、夜中など長政が家老たちを呼ぶときには、たいてい喜助が取り次いだ。

いつも勤め大事に詰めている喜助は、誰よりも長政の用を足《た》すことが多かった。

「誰ぞおらぬか」

と呼ぶとき、さっそく間に合って「はい」と立って前に出るのは、喜助であった。

鈍な喜助には無理かと思う用事には、喜助に命じて、他の小姓を呼ばせたが、いずれにしても、いったんは喜助が取り次いだ。

役に立たぬようで、最も役に立つのが喜助で、おのずから殿の取次ぎは喜助に定まって、長政には重宝がられ、他の者には、殿は何事も喜助を経て命じているように見えた。
一、二年の間に、喜助は求めずして出頭《しゅっとう》第一の小姓になった。
長政も深く寵愛するわけではないが、どことなく気に入った。取り立てて、優れた点があるわけでないが、自然に憐れみが深くなった。

そのうち、朝鮮の役が始まった。

長政は前から取り立ててやりたいと思っていた喜助を召し連れて渡海した。

少しでも手柄があったら、それを機会に知行を与えたいと、思ったからである。

初陣の者に手柄をたてさせるには、戦さに慣れた者を後見につける必要がある。

少年にして功名をあらわしたという者の多くは、後見に強《したた》かな者がついているからだ。

喜助の親は軽輩である。息子のためにその用意をする力はないが、長政は場《ば》慣れした小身者二、三人を選んで、気に入りの喜助の後見につけておいた。

しかし、喜助は武運拙《つたな》い方であった。

後見がいろいろ骨を折ったが、好い機会に出逢わなかった。右へ行けば左に接戦が始まり、左へ急げば右に太刀打ちが始まり、引き返せば、もう戦いが終わっていたり、前に急げば後ろで事が起こったりした。

戦さからはずれるつもりで逃げたのでもないのに、長い陣中に一度もはかばかしい敵と出会わなかった。そのうちに、戦さも終わってしまって、老臣らも、

「喜助は不運じゃ、武士冥《みょう》加《が》も薄いとみえる」

といって気の毒がった。

それでも根気の強さ、辛抱強さは誰よりも優れていた。勤めに懈《け》怠《たい》なく、忠実で謙遜で蔭《かげ》日《ひ》向《なた》がない。誰にも愛せられる。侮っても憎む者がない。

長政の憐れみも、いよいよ深まったが、功なき者に恩賞もできず、困っているところへ小河伝右衛門が病死し、娘に婿を迎えねばならなくなったので、これさいわいと長政が選び、喜助は、にわかに美しい妻を持ち、五千石の家督を継ぐ果報者となった。

婚礼も無事行なわれて、吉田喜助は小河喜助となった。

一時は家中でもあきれたり、笑ったり、羨む者もあり、危ぶむ者もあったが、憎む者はなかった。

気が利かぬだけ他の邪魔にならず、抜けたようで間に合い、締めくくりがなさそうで落度がない。

五千石の跡を継いでからは、やはり五千石らしい貫禄も備わってきて、さりとて奢《おご》りもなく、誰に対しても丁寧《ていねい》でおのずから愛嬌があり、顔にも態度にも他人を魅《ひ》きつける親しみがあふれていた。

殿の長政も、最初は、

「見込みのない小姓」

と思ったのだが、使い慣れてみると無くてはならぬ家来の一人となった。

愚かなようで小さな用事にも適し、むつかしい用事を申しつけてみると、やはり立派にやってのける。嚙みしめて味のある人物で、使えば使うほど価値が出てくる。

「まるで釣鐘のような奴じゃ。叩けば鳴る、大きく叩けば大きく鳴る」

と長政は思った。

次第にその器量が分かってきた。

喜助は、差し出て事を処理する才子ではないが、身に負わせられることは、いつでも、いかなることでも、かたづけてゆく分別をおのずから備えている男であると思った。

喜助が小河家を継いだのは慶長三年で、慶長五年には関ヶ原の大戦があった。喜助も出陣したが、やはり武運に拙く、家中の勇士らが、一番首、一番鎗、兜《かぶと》付の首などに手柄をたてた中で、喜助はこれという烈しい場所にもめぐり合わせず、鎗を合わせる機会もなくて、せっかくの大戦も、空しく過ぎてしまった。

この大戦が終わって、長政は筑前一国を与えられて五十二万三千石の大大名になった。家臣にもそれぞれ加増を行なった。

一家老の栗山四郎左衛門は備後守となって一万五千石を領した。二家老の井上五郎左衛門は周防守、三家老の母里太兵衛は但馬守となって、いずれも万石以上の大身になった。

喜助も、武功はないが、それは運が悪かったので、もちろん戦場で非難されるような振舞いもなく、ことに平素の勤労がすぐれているので、同じく恩賞をこうむり小河内蔵允《くらのじょう》と改め八千石の知行に上《のぼ》せられた。

このごろには栗山、井上、母里の三家老も老いていたが、内蔵允は、いまこれからという年齢《としごろ》になっていた。

関ヶ原以後、天下も太平となって、戦さのことより、領国の政治が大切となり、老功の勇士は骨休めの安楽期に入って、新進の適材が一国の政治に参画《さんかく》する時代になった。

このときになって、長政が目をつけたのが小河内蔵允であった。

長政は公儀向きのこと、他国との間に起こること、国中政治の大体については家老の意見にまかせ、中老らにも相談したが、家中や領民の仕置、雑務、会計、城中の賄《まかない》などは一切内蔵允にまかせた。

つまり内蔵允を仕置家老《しおきがろう》にして、栗山、井上、母里の三家老は、一年中の五カ月くらいはめいめいの預かっている城に休ませ、家老の方で用があれば、いつでも出仕し、こちらから用があれば使いを立てるようにした。

内蔵允は勤勉で公平であった。

奉公大切の心がけは前からのことである。

いま五十二万三千石の大藩の政治を預かって、一層忠実であった。

武運に拙い代わりに、優れた根気と健康に生まれついた内蔵允は、大事小事、何に当たっても、倦《あ》ぐんだことがない。

朝は未明に起きて、髪を結い、袴をつけて居間にひかえて、次の間に取次ぎを置く。

家中の侍たちが訪問すれば、

「どなたがお出《い》でじゃ」

障子越しに取次ぎに聞く。

ただの見舞いの侍ならば、

「さてさて、ご多忙中に、お見舞い下されかたじけのうござる」

とやはり障子越しにあいさつして帰らせる。

用事がある者は、すぐに通して口上をきく。

百姓たちの訴訟事も、門からすぐに庭に通して、縁際《えんぎわ》に進ませてきく。

親疎《しんそ》の差別なく、無用の雑談を避けて、用件のはかどるのを先とする。

下々《しもじも》の訴えほど念を入れてきいてやる。

軽いことは即座に決してやる。

争い事も、速《すみ》やかに示談にさせる。

大事は家老に相談にゆき、または主君長政の意見を伺いに出る。

むつかしくなると、主君と家老の間を忠実《こまめ》に往来して双方の意見を聞き、できるだけ早くまとまりをつける。

大藩だけに雑務はおびただしいが、内蔵允の手にかかると、油をひいたように、なめらかに処理される。

家老も喜び、家中も農民も一様に信頼する。無理で聞こえた気の荒い侍たちも、内蔵允の前では、何となく柔らかなものに包まれた気になって、ふしぎに柔順《じゅうじゅん》な心になる。

こうして、五年も過ぎると、二千石を加増され、一万石の大身となった。

もうこのころは、誰も彼を羨む者もない。

あの器量で加増は当然と評判された。

求めずしてついた徳望で、それから後もいよいよ評判がよく、内蔵允の出頭は長い間つづいた。

戦国時代に生まれながら、これという軍功もなしに、人望高く、知行も多く、主君の信用も厚い、三拍子そろった果報者となった。

慶長十九年には大坂冬の陣があった。

翌元和元年に大坂夏の陣があって豊臣氏が滅亡した。

血なまぐさい風の名残りも、この両陣で去って、天下は徳川将軍の治下に無事太平を謳《うた》うようになった。

しかし、このときから長政は、江戸へ参勤したまま将軍家のお暇《いとま》が出ず、領地の筑前へは久しく帰ることができなかった。

「黒田家は豊臣家取立ての大名である。豊臣家が亡んでも、徳川将軍家は、豊臣家縁故の大名らに油断なく目をつけている。黒田家は関ヶ原戦に徳川方として大功をたてている。以来、忠勤を励んできたが、やはり出身が出身だけに、まだ疑いをかけているにちがいない」

筑前に留守居の面々は、そのように推察して、江戸にいる主君長政の身の上を案じていた。来る年も、来る年も主君が留守で、筑前家中はいつも憂いに包まれていた。

その主君が、久しぶりにお暇が出て、帰国を許されたのは、豊臣氏滅亡の五年後だった。

家中はホッと安心した。

長政もホッとした気持ちであった。

江戸にいては将軍のお膝元である。外様の大名の中では、尊敬されていても、人質となったような気苦労は、無いでもなかった。

その鬱屈《うっくつ》から解放されて、五年ぶりに帰国した長政は、骨休めを一時にするような、のびのびした気になっていた。

その安心から驕《おご》りも出た。

筑前一国では遠慮する者がないだけに、わがままな振舞いもつのるようになった。家老たちにも、苦々《にがにが》しく見える行ないもあったが、五年の間の殿様の苦労を思うと、おいたわしいという気持ちもあって、別に諫《いさ》め立てするものもなかった。

そのうちに、筑前に冬の季節が訪れた。

明年の春には、長政は再び参勤で江戸へ出なければならないので、内蔵允を呼んで、

「江戸への進物を、今年中に調《ととの》えねばならぬ。将軍家への献上、老中の方々、その他役儀の向々《むきむき》へ贈る品、いずれも念を入れて大膳とも相談して、まず書立《かきたて》を差し出せい。それによって、長崎へも調達の使者を出さねばならぬ」

「かしこまりました」

内蔵允は答えた。

このときには、一の家老栗山備後（善助）が病死した後で、その家督をついだ栗山大膳が出頭の家老となっていた（この大膳が後述する「黒田騒動」の張本人である）。

十日ほどたって長政が内蔵允にきいた。

「進物品の書立は、できたであろうな」

「大膳と相談いたしましたが、書立はまだできておりませぬ」

「それは油断じゃ、なぜ急がぬ」

長政は、いつになく不機嫌な声を出した。

また、二十日ほど過ぎた。

「書立は、どうなった？」

「はい」

と答えただけで、内蔵允は気《け》だるそうに頭を下げた。

長政はカッとなって、

「まだ調《ととの》えぬか、懈怠《けたい》至極、申しつけを何と心得おるか」

「その儀でござります」

内蔵允は、長政の前に、にじり寄った。

「たびたびの仰せつけによりまして、大膳とも相談いたしましたが、私どもの調える進物は江戸においてもお気に召すまいと存じます。やはり殿様ご自身でご用意なされるに越したことは、ござりますまい」

「不届者め、なんのためにそのほうを置いてあるか、予自身で調えるほどなら、そのほうは要《い》らぬ者、大膳と相談したのなら、かような油断はないはず。そのほう、予のたびたびの申しつけを、失念したのであろう」

刀でも抜きかねまじき怒りようである。

内蔵允は、おだやかに頭を上げて、

「いや、大膳も殿様ご自身のご用意が第一と申しております。近年、江戸表におきまして殿様にご隔意《かくい》の風も見え、そのために殿様も長々と江戸詰めを遊ばしました。当春はお暇が出てご帰国となりましたについては、江戸から横目付《よこめつけ》も下《くだ》して殿様の御行儀、筑前一国の政治向きなどを探《さぐ》られておることを存じております」

長政は黙って、内蔵允の顔をにらんだ。

「恐れながら、ただいまの殿様のお行儀、江戸へ聞こえましては、公儀向きよろしからぬことと存じます。たとえ御老中出頭、その他の方々へ、珍しき唐物《からもの》を御進物に遊ばすとも、少しも祝着《しゅうちゃく》に思し召すまいと存じます。それよりも、ここもとにおいてお行儀よく、公儀大事、政治向き大切に遊ばされ、国へ下り居るも、居らぬも、ご同様にもの静かにおいでなされて、江戸へ聞こえましたなら、御進物は何一つつかわされずとも、将軍家、御老中の方々もお喜びなされることと存じます」

長政の怒りは、やや、やわらいで見えた。

内蔵允は、いつもの悠長な語調で、姿は正しいが堅くるしくはならずに、打ちとけた雑談のように言葉をつづけた。

「進物の儀はおおよそは大膳と内談いたしてござりまするが、しかし近年将軍家の思し召《おぼ》しを推察いたしますると、かような推察は恐れ多き儀ながら、殿様を江戸にとめてお覚悟を見たが、別に変わった事もなし、ひとまず国へ下して行儀を見よ、という底意《そこい》が無いとは申されませぬ。まして将軍家におかせられては、殿様と左馬助（加藤嘉明）殿と大夫（福島正則）殿を、いまも蝮《まむし》の子のように思し召さるるに相違ござりませぬ」

黒田家と加藤と福島とは豊臣家の恩を受けた大名たちの中の実力者である。江戸の目がこの三大名の上に無気味に光って、落度を発見しようとしていることは長政も知っている。

長政もようやく機嫌を直して黙ってうなずいた。

「かようの次第なれば、何よりも殿様の御行儀が江戸への進物でございます。もっとも品物としての進物は、そのうちに調えて、間に合わずば、後より江戸へ差し上《のぼ》します。一時に進物をなさるより、かえって折りを見て、時を見て、わざとらしからず、自然におつかわしになるが、よろしきことと存じます。この儀は大膳も同様の意見でござります」

「いかにも」

長政は、はじめて釈然として笑った。

「よきように計《はか》ろうておけ」

こういわれたが、内蔵允は油断はなかった。

長崎に使いを立てて、その当時珍しいものといわれている、唐渡りの品をおびただしく買い調えた。

長政はまた、内蔵允の諫めるともない諫言が胸にしみ、その後はわがままな言動を慎み、領内の無事に努めた。

五年の留守中には、家中にも、百姓町人の間にも処刑せねばならぬ事件が、かなり積もっていたが、すべて慈悲寛大を先として、穏便な処置をとった。

筑前一国は、下々《しもじも》まで安堵した。

次の年が来て、長政は春早々に江戸へ参勤した。

献上品、進物のことは、すべて大膳と内蔵允の意見どおりであった。

江戸に落ちついてから、長政は老中らを招いて茶の饗応《きょうおう》をしたことがあった。

そのとき、数寄屋における閑談で、長政は内蔵允に諫められた一条を茶話として物語った。

老中土井《どい》大炊頭《おおいのかみ》がつくづく聴いて、こういった。

「内蔵允という仁《じん》は、われらも見知っておりますが、それほどの人物とは存じませなんだ」

内蔵允は、ちょっと見ると悠長過ぎて、役に立ちそうもない。大炊頭もそう思っていたわけである。

「しかし、ただいまのお話で、まことに感服いたした。いかにも内蔵允が申すように、お国においての御行儀の悪いことが上聞《じょうぶん》に達して、詫びごとの取次ぎなどを頼まれては、われらも当惑いたしますが、ただいまのように御前体《ごぜんてい》がよろしくば、老中のわれらも大慶《たいけい》至極でござる。いつも江戸へのおみやげは御領地の無事太平、お仕置のおだやかなことが、唐渡りの珍品よりすぐれたものと存ずる」

筑前に人物あり、と大炊頭は思ったのだ。

内蔵允は筑前にいながら、時の老中にも名を知られたのである。もの柔らかに、無調法にも臆病に見える内蔵允は、一国治世《ちせい》の能臣として、国内一般の信頼をうけつつ、幸福な晩年を迎えた。


内蔵允は、外で評判がよいと共に、一家もきわめて円満であった。内儀《ないぎ》との仲も、花嫁、花婿のときから睦《むつ》まじいままに老年に入った。

しかし、内蔵允は一国の政治向き、殿への御奉公は寝た間も忘れぬほどである。一家のこと、自分自身のことには、きわめて無頓着であった。

一万石の邸だけに、小大名ほどの世帯であるが、その総取締まりは一家の老臣たる小河加兵衛に申しつけ、その下に役人をおいて知行所の指揮、台所向きの支配その他を、それぞれ命じてあった。全く加兵衛にまかせ切りで、内蔵允自らは一家のことはなに一つ口に出さなかった。それればかりでなく、捨てておけば衣服を着替えることも知らず、風呂に入る日さえ自分では気がつかなかった。

よき時分を見て、内儀から、

「風呂をお召しなされ」

といえば、

「さようか」

といって風呂に入る。入っている間に衣服を取り換えておけば、下帯まで変わっていても、気のついた風もなく置いてあるのを着る。

ただ早起きして髪を結わせることと、ときどき月代《さかやき》を剃ることだけは忘れないが、そのほかは万事内儀まかせ、家来まかせである。

家の取締まりに見苦しいことがあって、親類、知己から忠告をうけても、

「さようなことは、加兵衛に申し聞かせて下されたい。わざわざ拙者にお知らせは、ご親切のようでもあるが、それよりも拙者の知らぬ間に、加兵衛を戒《いまし》めて下されたら、一層ご親切と存ずる」

というくらいなものである。

そのうえ、その加兵衛が主人に似た寛大な男ときている。主人に輪をかけて至って好人物

であった。

したがって、取締まりにもゆるみがあって、邸の風儀がいつとなく乱れるようになった。

小姓の部屋へ年増の女が忍ぶ、水仕《みずし》の女が若党と乳くり合う。腰元と中間《ちゅうげん》が怪しい。

初めは忍びやかであったが、慣れるにしたがい廊下の行き違いに手をにぎったり、袖を引いたりする。夜は酒などを飲んでさんざめいたりする。

武家として男女の間の法度《はっと》はきびしいのが例になっているが、小河の邸では、総取締まりの加兵衛が好人物で、押しがきかぬ、咎《とが》めても姦《かしま》しい女たちに言いまくられ、ついに独身の者に艶種《つやだね》のない男女は無いようになって、めいめいに隠し合い、首尾《しゅび》し合って憚《はばか》りなく淫《みだ》らな振舞いにおよんだ。

知ってか知らずか、内蔵允は例によって無頓着なので、加兵衛も持て余した。

一国の政治を切り盛りする内蔵允も、側近の者には目は届かぬかと噂された。

内蔵允の内儀は、前から召使いたちの不作法さが苦々《にがにが》しかった。女性の身を慎み、差し出口をひかえていたが、捨てておけば限《き》りがない。噂もつらいので、とうとう内蔵允にこのごろ目に余る男女の振舞いを物語った。

「さようであったか」

内蔵允は初めて気のついたような顔色である。さりとておどろきもしない。

「すでに家中の噂にも立つと申します。とかく外聞《がいぶん》もよろしくございませぬ。しかと法度《はっと》をお申しつけなされませ」

「さればな」

内蔵允は笑って、

「かようなことは加兵衛が心得ておろう」

「その加兵衛も持て余すように見えます」

「持て余すより、大目に見ておるやらも知れぬ。遠慮深い男じゃ」

「なおさらよろしくございませぬ。やはりきびしく申しつけねば邸は闇でございます」

「それほどでもあるまい」

と内蔵允はまた笑って、

「男女の間は、法度のみではおさまりがつくまい。たとえば、そなたにしても、この内蔵允一人を見ていたくはあるまい。ときには若い男が目にもつくだろう。しかし見苦しい男にせよ、内蔵允という夫があっては自由《まま》になるまい」

「まあ、おたわむれを」

内蔵允にまじめとも、冗談ともつかぬことをいわれて、内儀は顔をそむけた。

しかし、いう方も老いている。聞く内儀も老いている。露骨な話も、顔を赤らめるほどではない。

「われらも同様じゃ」

内蔵允は、あきれたような内儀の顔を見て、にやにやしながら言葉をつづけた。

「われらも、そなたのような古鳶《とんび》の化けたような女は、面白うない。美しい若い女に足を撫《さす》らせたいと思うこともある」

内儀は、さすがに渋い顔になった。

「しかし、そなたの法度はきびしいでのう。そなたの目が殿様よりも恐ろしいので、謀叛気も起こらぬ次第じゃ。それに比ぶれば、あれらは夫の無い女、妻のない男共じゃ。せめて内々でも出逢うて、慰みもせずば、奉公がつづくまい。男女の間は、そうしたものじゃ。まずまず、大目に見てやるがよろしかろう」

「いいえ」

内儀は承知しない。

「武家屋敷は、どこも男女の間にきびしい法度がございます。ただいまのようなお言葉では邸に法度というものがなくなりましょう」

「いや、これはむつかしいことになったが、ほかの邸がきびしいからとて、そのお交際《つきあい》も考えものじゃ。人は心次第、あ《あ》ながち他家の真似にもおよぶまい」

「よいことを真似て悪しいことはございませぬ。そのうえ男どものことはともかく、女どもの風儀が乱れましては、世間から、私の落度のように沙汰されます。ぜひ、いまのうちに加兵衛にきびしく取り締まるようお申しつけ遊ばしませ」

「邸が無法度で、その家の内儀の名が立たぬとはもっともじゃ。しかし、さように気の狭いことはいわぬがよい。召使いの風儀が悪《あ》しゅうても、そなたの行ないが正しくば恥ずることもない。そなたが行儀よく情夫《まおとこ》さえなければ苦しゅうない。気を狭くさように心配しては長生きはできぬ。人間も、五十を越えてはよい茶を飲み楽《らく》をするのが得というもの。このころ家中へ見える盲女《ごぜ》どもに三味線を弾かせて、耳の掃除、気保養《きほよう》が大切でござるぞ」

内蔵允と内儀との話は、誰が立ち聞きしたか、邸の男女の耳へ伝わった。

「奥様が、何かとおっしゃったが、殿様は一向にお取り上げになりませぬ。楽しみもなくば奉公もつづくまいとのお言葉じゃ」

「なんというお慈悲深い殿様のお言葉でございましょう」

ひそひそ話に、舌たるい笑いがまじる。

殿様のお慈悲に甘え、お慈悲を軽蔑した笑いだ。つまるところ、殿様は怖くない、奥様のいうことは正しくても、正しい言葉は彼女らには野暮《やぼ》としか聞こえないのだ。

不義はお家《いえ》の法度も、小河の邸だけは、別もののようになった。

それから二十日ほど過ぎて、内蔵允は奥の間へ加兵衛を呼んだ。

「召使いの者、ことに侍衆に、こんど妻《かない》を媒酌《せわ》したいと思うが、どうであろうか」

「それは、至極結構なことでござります」

加兵衛は喜んだ。風儀の悪いのに困っている彼は、小姓たちが嫁をもらったら、自然に不行儀もおさまると考えたからである。

「こなたで、召使いの女どもに、似合う男を見立ててやりたい」

内蔵允は、内儀にも言った。

「それは、よろしゅうござりましょう」

内儀もにっこりとして答えた。彼女も加兵衛と同じ気持ちなのである。

「それでは、近いうちに、さようにいたそう」

内蔵允は言った。

「このあいだ申した召使いどもの配偶《つれあい》を、かように見立てたぞ」

内蔵允が書き立てて、加兵衛に示したのは、それから間もないときのことである。

「いろいろ思案して、似合わしいのを選んでおいた。心配したが、思いのほかによい夫婦ができた。祝言させるがよい」

書き並べてあるのを見て加兵衛は仰天した。家のことには一向無頓着で、何も知らないと思っていた主人が、いつの間に、見たか聞いたか、調べたか、平素仲のよい同士といわれもし、事実そのとおりでもある、男と女の組み合わせを一人も残らず書いてある。

だが、その男と女は仲がよいのには違いないし、怪しい関係にあるのだが、いわば出来心で情を通じ合った仲で、夫婦とするのには、あまりにも浅ましい、あまりにも不似合いである。

それだけに、加兵衛がおどろいたのである。

「殿様」

「何じゃ」

「せっかくのお見立てでござりますが、この縁組はむつかしいと存じます。恐れながら、いまいちおう、ご思案を遊ばされたいものでござります」

「いやいや、よく似合うておる。そちがむつかしいと思うても、当人同士は喜ぶことであろう。急いで知らせて喜ばせるがよい」

と内蔵允は、いささか気色《けしき》を損じたように見えた。

無理とは思ったが、加兵衛は主命に逆らうことはできない。

御前から退って、一同を呼び集めて縁組を披露した。披露というより申し渡しだ。

男も女も、それをきくと、目と目を見合わせ、ただ赤面して答える者がない。

何も知らないと思っていた主人が、何もかも知っていたからである。

加兵衛も、一同の胸を察して再び内蔵允の前に出た。

「殿様、この縁組はやはりご無理と存じます。ぜひともお見立て変えを願います」

「なぜ、さようなことを申す。わしは、そうは思わぬぞ」

「しかしながら、第一にお記《しる》しになりましたお小姓の正九郎とおしほの縁組、これは、ご存じのとおり、正九郎はまだ十七歳、おしほは、もはや四十幾《いく》つ歳の年増女でござります」

「ちと齢が隔《ちが》うようじゃの」

「あまりにもちがい過ぎます。二番目のお小姓孫九郎と小菊も齢に大そうな隔りがございます。孫九郎は二十歳、小菊はちょうど四十歳でございます」

「倍じゃの」

「倍でございます。そのうえ孫九郎はお家の老臣の息子、小菊は下《しも》の雑仕女《ぞうし》を勤めておりまず。あまりにも身分が相違し、親兄弟も迷惑いたしましょう。また孫九郎もお受けできないと存じます。その他の者も、いずれも年齢の相違、身分の相違で一つも、ふさわしいものはございませぬ」

「ほほう、加兵衛殿もなかなか分別者になられたのう」

内蔵允は、皮肉な笑いを片頬《かたほ》に浮かべ、

「しかし男女の間は、他人が思うようにいかないものぞ。惚れた目には、への字眉でも鼻ひしげも三年見えぬという諺《ことわざ》もある。孫九郎も正九郎も、思いこんだ女のはずじゃ。恥ずかしゅうて、いったんはいやそうにしても、内心はうれしいであろう。ぜひとも意見して祝言をさせよ」

内蔵允は柔らかに諭《さと》した。

加兵衛も押し返していう言葉もなかった。

色におぼれて、前後の思慮もなく、草履取りの下男と馬廻《うままわ》りの娘が通じたり、年増女が小姓と馴染《なじ》んだり、お歴々の息子が台所の端女《はしため》と契ったりしたのを、いつの間にか知っていて書き立てた縁組表である。

こうなると、いまさらのように外聞が思われる。迷いの夢がさめて親兄弟の思惑も恥ずかしい。悔いに責められて、殿様の目も恐ろしい。

その殿様の慈悲をたてにとって、真綿《まわた》で首を締めるように祝言を強《し》いられるのだ。

情事の報いに、男も女も青くなった。

逃げ走れば、親兄弟に迷惑がかかる。

走りもならず、一同悩みに悩んだ末に、やはり加兵衛にすがって、お詫びを入れるよりほかに道はなかった。

いくたびもの詫び言《ごと》を聞き、さんざん悩ませたうえで内蔵允は、

「なるほど、それでは、よくよく縁組がいやと見える。せっかくの慈悲も、いやとあらばぜひもない。急にとは参るまい。改めて申しつくるであろう」

といった。

これにこりて、邸の風儀は、拭ったように改まった。

下にも上にも、内蔵允は、いつも真綿で首を締めるように、意見も諫言もした。

焦らずして、事を運ぶに早く、不得要領のようで要領を得ていた。

鋭い才智と、猛々しい気性の長政も、内蔵允にかかると、手もなく丸めこまれて、不平も

立腹も、洗い流さずにはいられなかった。

小姓時代から、人と異《こと》なった、平凡のような非凡の勤めぶりが一生の果報を生んで、内蔵允は世を去るまで一藩の重職であった。

長政の重臣たち

井上周防

天文二十三年（一五五四）播州姫路に生まれる。幼名は弥太郎、のちに九郎右衛門之房と改め、筑前入国の後、周防と号した。

若いときから、如水の父職隆（宗円）に仕え、行儀すぐれ、武勇の心がけ深かった。職隆隠居ののち、如水に従ってそばを離れず、上方や四国の戦いに手柄をたて、隠居の宗円から、

「この後にも、役に立つ男だ。引き立ててやれ」

といわれて、如水も大切にした。

如水が有岡城の地下牢に閉じこめられたときも、たびたび敵地に忍び、牢に近づいて、その安否を気遣った。

天正十五年（一五八七）豊前に移り、長政が城井谷の鎮房を攻めたときも、これに従った。

慶長五年（一六〇〇）如水に従って豊後に行き、大友義統の先手吉弘加兵衛尉と鎗を合わせて打ち勝ち、付き従う軍勢を追い散らし、勇名を馳せた。この時、家来の大野勘右衛門、

同久太夫なども分捕《ぶんど》り高名をあげ、如水の感状をもらった。

翌年、如水に従って伏見に行き、家康にも拝謁した。

その後、長政の使いとして江戸に下り、秀忠に拝謁、戦陣の功として鹿毛《かげ》の馬をもらった。

筑前に来てからは、采地一万六千石をもらい黒崎の城を預かった。この地は豊前への通路となる要害の地であった。

男子、女子十一人あり、寛永十一年（一六三四）八十一歳で病死した。

母里太兵衛

弘治二年（一五五六）播州に生まれた。幼名は萬助、筑前に来て但馬と改めた。生まれつき剛強で、力量たくましく、たけ高く、ひげ多く、勇猛、人にすぐれていたから、初めて見る人は、おどろきおそれた。

賤ケ岳合戦のとき、よき敵を見つけて長政にあてがい、長政これを討ち取って十六歳で初陣の功名をたてた。

信長が秀吉に、ある城を攻めさせたとき、如水は先手《さきて》を命じられたが、城の要害高堅で、落城しそうになかったので、太兵衛が先登《せんとう》し、諸士もこれにつづき、城中油断していたのを、即時に攻め落とし落城させた。

このとき太兵衛の働き抜群だったので、如水は報告のため、太兵衛を残しておいた。摂州生田の辺で、秀吉に逢い、かくかくしかじかと報告したところ、秀吉大いに喜び、鞍《くら》置馬《おきうま》を太兵衛に与えた。

秀吉の九州征伐では、宇留津の城を攻め落とし、耳川でも屈強の敵を討ち取り、その働き比類なかったので、如水から秀吉に報告、秀吉は太兵衛に出陣のときからぬき身の鎗を持たせることを許した。

ただし、その身または子孫に至って、たとえいかほどの大身になろうとも、ぬき身の鎗は十五本より多く持たせるなと定めた。

ぬき身の鎗を出陣のときから持って行けることは、当時は、天下に類《たぐ》いなき名誉だとして、恩賞の地を与えられるのにまさる栄誉とされたものであった。

長政が城井谷を攻めたとき、太兵衛は如水の供をして肥後に行っていたため、馬ケ岳にはいなかった。

その後、長政が太兵衛に向かって、城井谷城が強敵だったというと、

「われらがお供いたさずば、いつも城井谷のような強敵がござるよ」

と大言壮語したが、長政はそのとおりだという顔をして黙っていた。

秀吉が名護屋にいたとき、旗本の中に狼藉《ろうぜき》者がいて、道を行くとき、鎗を横たえ、道路をふさぎ通るので、行き逢う人が難儀した。

太兵衛は、これを見て、例のぬき身の鎗を数本立てないで、鋒《きっさき》を先にして、まっすぐ持たせて通ったので、かの狼藉《ろうぜき》者は恐れて、道を避けて通り、以後、鎗を横たえて通ることはしなくなった。

朝鮮の役では、太兵衛、後藤又兵衛、黒田三左衛門が、一日交代で先手をつとめたが、太

兵衛は大の男で大力だったので、二尺六寸の大身《おおみ》の鎗に、熊の皮の杉型の鞘をはめ、青貝《あおがい》の柄をつけ、長さ七尺五寸二分のをふるって、敵を斬り伏せ、なぎ倒し、たびたび手柄をたてた。

この鎗は、日本号《にほんごう》といって、福島正則が持っていたのを、酒の飲み競べに勝って手に入れたものである。正則から返してくれと、たびたび使者をよこしたが、ついに返さなかった。

太兵衛は大力だったので、三間柄《さんげんえ》の中身の鎗をいつも持っていた。朝鮮でも、この鎗で一度に敵二人も三人も刺し貫いた。

慶長五年（一六〇〇）保科弾正の娘栄姫を、家康の養女として、六月六日、長政に嫁がせた。

このとき、栗山四郎右衛門、母里太兵衛は、家康に謁見し、腰物《こしのもの》を拝領した。

その後、家康は上杉征伐のため東下、栗山と母里は大坂に留守居として残り、二人が相談して如水の妻と長政の妻を無事に中津へ逃がした。太兵衛は豊後に下り、如水が大友を討ち、処々の城を攻めるとき、しばしば手柄をたてた。

長政筑前入国の後、太兵衛は一万八千石をもらい、名を但馬と改め、豊前との境高取城に置かれたが、後藤又兵衛の逐電ののち、そのあとの小隈城主になった。

太兵衛は、播州時代から如水に仕え、その手柄、数え切れず、一生のうち、一度も敵に後ろを見せず、一カ所も傷を負わなかったが、その戦功を書き置いたものもなく、語り伝える人もなく、十が一も知れず、ここにわずかに言い伝わるかたはしを伝えるのみである。
元和元年、太兵衛は小隈城で六十歳で病死した。

栗山備後

幼名善助、のちに四郎右衛門と号し、筑前入国後、備後と改めた。

天文二十年（一五五一）播磨の姫路で生まれた。歴代赤松氏に仕えていたが、善助十五歳のとき、自分一人の考えで、如水に会って家来にしてもらった。

生まれつき正直で、心ざまけなげで、奉公にも精を出したので、ことのほか如水の気に入ったが、口には出さず、そのままにしていたが、少しも心にたゆみなく、夜昼、奉公に精を入れ、心底たしかなりと見届けたので、そば近く召し使うことにした。

永禄十年（一五六七）二月、十七歳の善助は、赤松下野守と別所加賀守が心を合わせ、小寺氏を討たんと評定したが、約束の日限が違い、別所がその日に来ず、赤松ばかりが青山へ討って出たのを、小寺氏幸と勘違いし、合戦を始めた。

このとき善助は、芝原弥十郎という敵と刀をぬいて互いに斬り合い、難なく芝原を討ち取った。また、同じ日、桑原勘解由《かげゆ》左衛門という敵、朱柄の大身の鎗《やり》をかざし善助に突きかかってくるのを、善助は刀で渡り合い、即時に討ち取った。

また同じ年、播州英賀保で、かくれなき房野弥三郎という鎖鎌《くさりがま》つかいと、しばらく戦い、これを討ち取り、首と鎌を取った。

このとき、味方には衣笠《きぬがさ》久右衛門ただ一人残っていたが、敵後ろより大勢出たのを見て、前なる敵多く駈け来たり、味方はただ二人で馳せ向かい、犬死にしてもつまらないと、

「いそぎ、退き候え」

と叫んだ。善助は、

「かく間近く敵を引き受けて退かんこと、武名のきずとなるゆえ、ここにて討ち死にせん」

と答えたが、衣笠は、善助をつかまえて、馬に引きあげ、難なく引き取った。

如水は、これを聞いて、褒美《ほうび》をやろうかと考えたが、少し早過ぎると思い、関所の草履取りをしていた小者《こもの》を従者として与えようとすると、善助は、

「かたじけのうはござりますが、養いようがござりませぬので、辞退いたします」

「その手当も考えずに、従者にせよとは、いわぬわい」

ということで、台所の賄人《まかないにん》を呼び出し、従者にしてくれた。

善助が、小者を持った最初である。

永禄十一年、十八歳の春、国境近くで、小さい戦さがあったとき、善助は敵の長柄の鎗をうばい、一番に突き立て手柄をたてた。

そのころ、黒田家に大町何助という、かくれなき強兵がおり、如水に逆心を抱いているこ

とがわかったので、善助と上原新左衛門に成敗せよと命じた。

善助は、単身大町方に行き、巧みに外へ呼び出した。何助は酒をあおり、従者に鎗を持たせ、二尺九寸の刀をぬき身で提げて出てきた。

道より、すき田の中へ飛び下り、ののしって、立ち向かってくるところをとびかかり抜き打ちにした。相打ちになるほどの距離だったが、相手が刀を取り落として倒れたので、頭を二つに切り割り、そのことを新左衛門にも告げなかった。

如水が有岡城の地下牢に閉じこめられたとき、善助は忍んで様子を見に行き、帰るところを後ろから鉄砲で打たれたが、弾丸が刀の鞘に当たっただけで無事であった。

有岡城攻めが始まったとき、これに加わり如水を地下牢から救い出したのも善助である。

如水は、善助の知行を加増し、秘蔵の馬を与えた。

天正七年、姫路の端城別府の城で、毛利の武将二人討ち取り、また溝口というところに、敵多数押し寄せ、味方に負傷者続出したときに、善助踏み留《とど》まり、事故なく味方を引き取った。

天正十二年、秀吉の紀州攻めに、泉州《せんしゅう》岸和田で雑賀、根来の僧兵と戦ったとき、善助は長政を助け朝合戦に敵を分捕《ぶんど》りし、また堺より攻め来た敵も分捕りし、一日二度の合戦に名をあげた。

この年七月、秀吉は如水に、播磨の宍粟郡を与えたので、善助もそのとき知行を加増された。

天正十五年、秀吉の九州征伐のとき、長政は日向国耳川で薩摩勢を追い払った。このとき善助は、真っ先に敵中に乗りこみ、よき敵一人斬り伏せて首を取った。

その後、如水が豊前国六郡を賜わり、領内の叛逆する国士としばしば戦った。

その中でも、野中兵庫介というのが強敵だったのを、善助はこれを討ち取ったので、兵庫介の支配する地を全部与えられた。

その後、嘉久、福島、犬丸の城を攻めたときも、善助は手柄をたて、このとき名を四郎左衛門と改め采地六千石をもらい、国中の政治を一人にまかせられた。

長政が朝鮮に出陣するときは、まず善助のところに行き、軍事を談じ、軍制を定めた。

朝鮮の陣中でも、かいはんで敵大勢追いくずし、晋州の城攻めにも、長政の家臣十人先登したとき、その中の一人竹井次郎兵衛は善助の家臣であった。

また、ある城で、長政は在陣しようと考え、善助に水脈を探らせたところ、二の丸の湿ったところを見つけ、管を刺しこみ、少しの間、馬杓で水滴を受け、家中の士卒一日の総用水を見積もり、在城可能と判断し、水槽を掘らせ宮城助太夫に番をさせた。

また、四、五郡を善助が預かったことがあった。彼は慈愛をもって住民をなつかせたので、みんな大喜びで、毎日やってきて善助を拝んだ。

大勢の者と、毎日対面することができないので、二、三日に一度ずつくるように言い、他処へ出かけたところ、朝鮮人たちがおどろいて合戦の準備をしているところへ、善助が帰ってき、その馬印《うまじるし》を見て、たちまち鎮まった、ということもあった。

慶長五年、関ヶ原陣の以前、長政は家康に従って、関東へ下った。

その留守に、天満の黒田屋敷を石田方の役人が、大勢取り囲んだ。

善助は、秀頼の家臣東条紀伊守の屋敷へ出かけていたが、彼はそれをきいて、服装を変えて、石田方の役人のように見せかけて、黒田屋敷に押し入り、役人をおどし、すかして、ひとまず引き取らせた。

その後、母里太兵衛と謀って、二人の奥方を無事に豊前に帰らせたが、その後、大坂を忍び出て、陸地を飾磨まで行き、船で豊前に帰った。

豊前では如水に従い、豊後の大友義統と戦ったとき、安岐の城で自分の家臣が、鎗で首を多く取り如水の感状をもらった。

また豊後国畠郡隈の城に、毛利民部大夫および大友義統家の古浪人や郷民たちが多くこもって、抵抗するのを、善助ははかりごとをもって降参させた。

長政の筑前入国の際は、善助は、豊前の国境に近い左右良の城を預かり、一万五千石の家老となって、備後と改名した。

慶長九年如水の死後、わが領地の上座郡志波の里に如水のために禅寺を建てた。

彼は謙虚で、主君を大切に思い、高下《こうげ》によらず朋輩にいんぎんで、道で行き逢うと必ず下馬して礼をつくした。

華美を好まず、常に倹約で、長政の家臣共の中に、常によい衣服を着ている者を見かけると、呼びつけて戒め、衣服には公私晴雨の別あることを教えた。

家中の諸士が、人に見せるために、高価な馬を買うのをきくと、

「高価な馬でも二匹の用には立つまい」

といって叱った。

いつも、忙しく、吝嗇《りんしょく》のように見えたが、何かの用に立つことには惜しげなく金銀を使い、小身者が江戸へのお供ができないときとか、普請役を勤め終えたときには、金銀を貸し与え、あとで返す者には受け取り、返すことのできない者には催促しなかった。

筑前入国以後、家中の借銀は百貫目に達したという。

寛永八年（一六三一）八月十四日、八十三歳の高齢で病死した。

この栗山備後の嫡子大膳が、長政の嫡男忠之を幕府へ訴えた「黒田騒動」は寛永九年のことだから、備後の病死直後に起こったわけである。

黒田美作《みまさか》

黒田美作一成は、本姓は加藤、幼名を玉松といい、元亀二年（一五七一）に生まれた。長政より三つ年下である。

父の加藤又左衛門は伊丹兵庫頭の一族で、有岡城主荒木村重に仕えていた。如水が有岡城の地下牢に監禁されたとき、又左衛門がひとしれず親切にもてなしたので、

「わしが無事に帰れたら、そなたの子を一人、拙者に下されい。大切に養育いたす」

と約束した。

有岡城が落城したのち九歳の玉松少年は、如水にもらわれ、黒田姓を名のることになった。

天正十二年（一五八四）玉松十四歳のとき十七歳の長政のお供をして泉州岸和田の陣に参加した。これが初陣である。

十五歳で、如水の四国の陣に従い、天正十五年十七歳で九州征伐に参加、日向国耳川で、長政に従い強敵二人を討ち取る手柄をたてた。

その年の冬、豊前の各所で一揆が起こったとき、長政に従い、数度の手柄をあらわし、城井谷攻めのとき、長政の命に代わらんとして馬印を乞《こ》うた志は、周囲の人を感心させた。

文禄元年（一五九二）三左衛門と改名、長政の供をして朝鮮へ渡り、数度の功名あり、その中でも、金海の城攻めのとき、一番乗りをし、黄海道でも大軍を恐れず、三左衛門一人敵に当たったので、諸勢もつづいて大敵を追いくずし、味方が虎口《ここう》を脱したこともあった。昌原の城攻め、黄海道の野合の戦い、平安川の戦い、巨川の戦い、白川の籠城、晋州の城攻め、梁山在城時の全羅道での戦い、生西浦の戦いなど、たびたび勇名をあらわしたが、くわしく伝える者もなく、そのこと詳しくは伝わっていない。

慶長五年（一六〇〇）三左衛門三十歳、美濃国合渡川に先陣して、いち早く主君長政の名を名乗り、石田三成の物頭《ものがしら》村山理助を討ち取り、安宅作右衛門を突き伏せ、そのほか数人を討ち取った。

豊後に残してある彼の家臣たちも、豊後の戦いで手柄をたて、如水から感状をもらっている。

三左衛門は一生の間、たびたびの戦功があった。しかし、天生《てんせい》武功を誇らず、ただ長政の下知にて、戦いに利を得たことのみ物語った。

平生の功を問うても答えず、また物語のついでに、心安い者が、その時の次第を問うと、おのれの戦功も語るが、くわしいことを言わないので、誰もくわしいことを知らなかった。

井上道柏（周防）、母里但馬（太兵衛）、栗山卜庵（備後）ら黒田家に久しく仕えた老臣たちが死んだのちも、睡鷗（三左衛門）はなお久しく長命したが、かれらが死んだのちは、よけいに口を緘《かん》してわが戦功を語ろうとしなかった。

「そのときのことを知る者は、もうおらないのだから、証拠もない手柄話を、偽って人に語って、人に疑われとうはない」

というのが口癖《くちぐせ》であった。

身長六尺、その力人にすぐれていた。

豊前国城井谷中務は、鹿の角の股も引き裂く大力であった。その弓は誰も引くものはなかったが、中津の城へ長政がそれを取り寄せ、三左衛門に持たせたところ、見事にその弓でまきわらを射通して見せた。

三左衛門の話に、

「城に乗りこんだときは、石垣などに添うておるがよい。たとい大勢くずれかかるとも、後に残るものだ。そうでないときは、必ず押し立てられるものだ」

「小身の士は、わが身の働きを主にするものなれば、甲冑諸道具に至るまで手軽くして、おのおのその力量に応じて製すべきだ。冑は小立物《こたてもの》がよい。ただし諸士は、対のしるしを用うれば、しいて立物などは好まず、具足は軽く短いのがよい。少しでもわが力量より重きは身の働きのできないものだ。行くべき所へも行くことならず、おくれをとることがある。身重くしては、主人への不忠のことが多い。

小身の士諸道具重く、はでなものにするのは、ただ人の見かけばかり飾って、武勇に志なき故と知るべきである。このようなものは、事に逢わない先に人に見侮《みあなど》られるものだ」

朝鮮にて、あるとき、三左衛門、野村隼人、後藤又兵衛の三人が一緒にいたが、向こうに江南人ただ一人、矢を三筋持って立っていた。

右の三人は、これを見て、討ち取らんと先を争い、後藤又兵衛一番に馬を乗りかけたところ、江南人の放った矢が小腹《こばら》に当たったので討ち取れなかった。二番に隼人が近く寄るまで江南人は矢を放たず、なお近づいたとき放った矢に当たって討ち取れなんだ。

三番目には三左衛門が唐人のそばに乗りかけ、刀を抜いて振り上げる。唐人す早く矢を放てば、三左衛門の右の手のひじより後ろの腕まで射つけたので、刀を取り落としたが、その敵を組み伏せ、ついに討ち留めた。

唐人が三本の矢で三人を射たのは、珍しい手だれで、一生のうちで疵《きず》を負うたのは、これ一度であった。

大坂夏の陣のとき美作（三左衛門）四十五歳、忠之の供をして上ったが、兵庫で大坂の落城を聞いて筑前に帰った。

寛永十四年正月、島原の乱のとき、美作六十歳、忠之は江戸にいた。

黒田軍は、正月十七日、福岡を出陣し島原に着いた。

これより先、老中松平伊豆守、総大将として乗りこんでいたが、美作が着いたと聞き彼を招いて、軍議を開くことになった。

美作は、その命令を聞きながら、伊豆守のもとへは行かず、まず城下を回って、よくよく城の様子を見てから、伊豆守のもとへ行き、

「命に応じて、早く参ろうと思いましたが、この城下へは只今参ったところで、案内を知りませんでしたので、もし愚意を申し上げて、当地の形勢を知らずでは、なにごとも申し上げようもございませんので、先刻より城下の所々を回って一見《いっけん》しておりました」

と言上した。伊豆守は、

「さすが老巧の士だけある。用意周到である。ところで、この城に乗りこむ時節は、いつごろにしたらよいと思うぞ」

ときいた。美作はこれに答えて、

「只今の城乗りこみは、さしひかえたがよろしいかと存じます。この城を力攻めにいたさば、即時に乗っ取れるとは存じますが、敵は玉薬《たまぐすり》多きゆえ、味方の兵多く打たれましょう。ただ取り巻きて兵糧責めになされ、玉薬をいたずらにうち尽くさせ、食尽きて疲れたるころ御乗っ取りしかるべしと存じます。かように申せば、敵を恐れて申すかとお考えになるやもしれませぬが、わが身若きときより、敵に向かって臆《おく》したることはござりませぬ。ただ味方の御人数が、いたずらに損じるのは、いかがかと存じ申し上げました」

と答えると、伊豆守も他の諸将も、

「その儀、もっとも」

と同感した。

美作は、明暦二年（一六五六）十一月十三日、福岡城下で病死した。行年八十六歳。

その人となり寛裕にしてせまらず、温柔にしてはげしからず、権要《けんよう》にいて威福をほしいままにせず、その性のおだやかなること、往年、戦いにのぞみ、敵の寄するにおよんでも従容《しょうよう》として動かなかった昔をしのばせるものがあった。隠居すること十余年、客を好んで日夜談笑する者、前につらなった。

和書記録を好み、自適《じてき》安閑として身を終わった幸福な生涯であった。

野村太郎兵衛

野村太郎兵衛祐勝は、母里但馬の弟で、本姓は曽我、野村は播州の村の名で、これを用いて氏とした。幼いときから黒田家に仕えた。

天正十二年（一五八四）の春、根来、雑賀の僧兵が、大坂辺に討って出ようとした。秀吉は中村式部少輔を和泉《いずみ》岸和田の城に残しおき、黒田吉兵衛長政、蜂須賀小六家政、赤松下野守、明石左近、生駒雅楽頭《うたのかみ》、黒田兵庫助を添番として置いた。

そこへ三月二十日、根来、雑賀の凶徒ら船と陸の二手に分かれて来たり戦った。一手は船で堺表に向かい、一手は大勢岸和田に残った。

長政は勇み進んで攻め戦い、真っ先に寄せくる敵二人をみずから斬り伏せ、そのほかことごとく斬りくずし、敵多く討ち取った。

敵も退散したので、味方の勢も引き取った。

しかるに、根来の者ども、打ち負けて口惜しく思ったのか、七百ばかりでまた引き返してきた。味方の兵は既に引き取り、防ぐべき兵もなく、野村太郎兵衛ただ一人残っておったが、敵が再び返してくるのを見て、橋の上にわざと上った。敵はこれを見て、こちらの兵がまだ多く残っていると思い、また引き退った。

そのうちの武者一騎、まだ残っているのを見て、太郎兵衛追いかけてしばらく鎗《やり》を合わせたが、双方疲れてひと休みして戦ったが、なおも勝負がつかなかった。

明石左近の家来明石与太郎がこれを見て、太郎兵衛が鎗をつけた相手と戦って首を取った。

長政は、あとで、これをきいて、よく一人で残っていたと感状を与えた。

天正十四年、太郎兵衛は如水に従って筑紫に下り、十一月七日豊前国宇留津城を如水と吉川、小早川勢が攻め落としたとき、太郎兵衛、諸人にすぐれて分捕り功名をした。

天正十五年、日向耳川の戦いでは、長政の下にあって、わが組の足軽二十人をひきい、一人も散らさず、川端の小土手を楯にして、鉄砲を土手にのせ、自身は鎗を杖につき、下知して打ちはらわせ、その働き抜群であった。

天正十六年の春、中津の城に城井谷中務少輔が訪れてきたとき、長政の命で中務の首を斬ったのは太郎兵衛であった。

文禄元年、長政に従って朝鮮に渡り、所々にて高名をあらわし、慶長二年二月、中津川城下で病死した。行年三十八。

太郎兵衛の子市右衛門。慶長二年、長政が再度朝鮮に渡ったとき、十七歳で従軍、所々で功名をあらわした。

その年九月七日、長政が稷山で大敵に打ち勝ったとき、市右衛門は手勢《てぜい》五十人ばかりで、山の尾崎にいる敵に突きかかり、追いくずし、また次の備えに切ってかかり、これも難なく追い散らした。市右衛門敵を追いかけ行くところに、敵陣の三番備えの中から、大の男、白みがきの鎧を着、七、八寸の栗毛の馬に乗って馳せてきた。

市右衛門、これを見て駆け合わせ、鎗を取り直して突くと、唐人、鉄丸に鎖をつけたもので鎗を払いのけ、寄ってきて、市右衛門の右の膝頭をしたたかに打った。市右衛門が落馬すると、唐人馬より飛び下り、市右衛門を取って押え、まず彼の刀を取った。市右衛門、すかさず、わが脇差《わきざし》を抜いて、鎧の草摺《くさずり》のはずれを二刀刺して、後へ押し返し、首を半分ほどかいたまま力尽き息づいていた。郎党どもこれを見つけて走り寄り、引き立てたが、痛手を負っているので馬には乗れず、ようやくおわれてわが陣に帰った。

あとで、長政これを聞き、若輩ながら比類なき勇士なり、父に似たり、といって、腰の刀を与えた。

市右衛門は、この傷で一生足が立たず、将軍の御前でも蹲踞《そんきょ》して拝謁した。

慶長五年の秋、豊後石垣原で、大友義統の先手吉弘加兵衛と如水の先鋒井上九郎右衛門が攻め合い勝負のつかないとき、市右衛門手勢をひきいて突っかかり、追いくずし、ついに討ち勝った。

このとき、市右衛門の手に討ち取った首百八十八、群に抜き出た働きだったので、如水から感状と恩賞を与えられた。

こうして市右衛門は、筑前入国ののち、長政から采地六千石を与えられ、寛永八年八月、鯰田村で病死した。行年五十一。

黒田六郎右衛門

本姓を中間、父を山城守といい、豊前国下毛郡山国の郷を領し、一戸の城主であった。如水の豊前入国後も、しばらく従わなかったが、如水の内意あって降参した。このころ、城井谷、山田、中間の三人が、豊前でも、如水に従わない有力者であった。あるとき、六郎右衛門は、如水から、従兄にあたる山田大膳を殺せと命じられ、油断を見すまし、如水の人数を引き入れ、大膳を殺してしまったので、如水から黒田の姓を与えられた。

朝鮮の役に、六郎右衛門は長政に従って渡海し、所々で軍功をあらわした。

慶長五年、如水が九州を平らげたときも、勇ましく働いた。

筑前入国後は、上座郡石原に新城をかまえ、三千七百石を与えられ、寛永二年七十余歳で病死した。

その子喜太郎が六郎右衛門を襲名したが、栗山大膳の聟だったので、黒田騒動のとき筑前を立ち退き、他国で病死した。

菅　和泉

幼名は孫次、のちに六之助と改めた。先祖代々、播州の地士であった。

六之助は、十七歳のとき賤ケ岳合戦の初陣で、よき敵二人を討ち取り如水を感心させた。

天正十五年、日向耳川の合戦に手柄があった。

このとき、味方は薩摩勢を追い散らし引き取ったが、ふと振り返ってみると、足軽一人鉄砲を肩に引き退ってゆくので、味方の諸士が、われもわれもと討ちかからんとした。

そのとき六之助は、あれは味方の足軽だといって、みんなを鎮まらせた。

あとで、敵の足軽だとわかり、討ちもらしたは、なんじ故と責められたとき六之助は、

「よき敵を討つのならまだしも、足軽ごとき雑兵一人討ったとて、敵の弱みにもならず、味方の強みにもならぬ。もしまたかの者を討たんとて、数人がかかり、鉄砲一発でも打たれたら、雑兵一人討つために、味方のお歴々を傷つけたら、どれほどの損になるかもわかりませぬ。それ故、敵とは知りながら、逃がしたのでござる」

と答えたので、黒田玉松をはじめ、諸士たちも、なるほどと感じ入った。

同じ年、城井谷を攻めたとき功あり、長政手ずから、貞宗の刀をもらった。

文禄元年の朝鮮の役には、足軽二十人をひきいて渡海し、長政の先手を勤めた。

あるとき、敵兵寄せ来るときいて、長政は六之助に足軽頭をつけて、途中に伏せておいた。

すると、敵の大将らしきものが、物見のためか、ただ二人で乗馬でやってきて、味方の軍立ての模様を偵察し始めた。

六之助は、これを見て、急に馳せ寄り、一人の騎馬武者を斬り伏せ首を取ると、その冑の下から一通の書類が出てきた。

これを長政に見せると、敵兵の員数《いんずう》を記し、はかりごとを書いた書簡だったので、長政は大いに喜び、味方の諸手にこれを知らせるとともに、

「今日の働き、敵数百騎を討ちたるよりすぐれたるものなり」

と六之助の功を賞讃した。

文禄三年二月十三日、長政が虎狩りをしたとき、六之助は刀をふるって虎を斬り伏せた。その刀は備前吉次の作で二尺三寸一分あった。いまに子孫の家に伝わり、林道春が南山と命名している。

慶長二年再び渡海し、九月七日、唐人の放った毒矢が頰をかすめた。それ以来、右の耳が赤くなり、膿血が出て、顔の色も悪く、醜い顔になった。

慶長五年の関ヶ原合戦には、足軽五十人をひきいて、合渡川で大いに働き、小早川秀秋の裏切りをすすめる使者に立ち、石田の先手島左近の強兵を追い散らすなど、勲功抜群であった。

筑前入国後、怡土郡で三千石の地を与えられ、与力《よりき》十六人を付けられ、高祖山の古城の北飯氏村に住んだ。

何か事あれば、古城を陣地にして、西方を押えさせる長政の意図であった。

長政は、六之助を家老に取り立てようと考え、将軍にお目見得させようとしたが、醜面を恥じて辞退した。

しかし、国元において家老なみの扱いをし、家老と共に連署にも加えさせた。

元和七年、家禄を嫡子主水重俊にゆずったが、長政は隠退を許さず千二百石の隠居料を与え、福岡城南丸に置いて城番とした。

元和九年八月四日、長政が病死するや、六之助（和泉）は哀悼のあまり、剃髪して松隠宗泉と号し、寛永六年五十九歳で病死した。

村田出羽

本姓は井口、幼名は与一之助。父与二右衛門は代々播州の地士であった。御着城の近くに住んでいたため、如水に仕えて戦死し、藤十郎、六太夫、甚十郎の三人の息子も如水のために死んでいる。

如水は気の毒がって与一之助を九歳のときから、自分のそば近くに仕えさせた。長政に仕えるようになったのは、十三歳からである。

十六歳のときの高倉陣が初陣で、二十歳のとき、戦場において、川向こうの敵、芦毛《あしげ》の馬に乗り、諸人にすぐれて見えたのを、与一之助、徒歩《かち》にて川を渡り、その敵に挑み、たちまち倒して、鎗《やり》刀までうばい、芦毛の馬に乗って、ゆうゆうと引き揚げてきた。

長政と共にいた如水が、

「天晴れな武者ぶりながら、川向こうの敵に、一人行って働くような危ういことはやめよ」

と注意すると、

「実は、常々、馬が欲しいと思うておりましたので」

すぐれたるを誇り、朱柄を強《し》いて望むはよわみに聞こゆるぞ。こんど、一日に首七つ取りてから主君に朱柄を望むがよい」

といって、わざわざ長政の陣所へ兵助を連れて行って引き渡してくれた。

その後、間もなく、兵助は一日に首七つ、家来の嘉兵衛は六つ取り、都合十三を持って長政の実検《じっけん》に供《きょう》し、念願の朱柄を許された。

慶長五年、如水が九州を平らげて、肥前の鍋島直茂に会ったとき、部下の村田某というのは、たびたびの武功多しといえども、手傷一つ負いたることとなし、という話をきき、

「わが家中の井口兵助という者は、父親と兄三人が黒田家のため戦死しております。その村田某の幸運にあやかるように、兵助のために、村田の姓を賜わりたい」

と頼み、村田兵助を名乗ることになった。

彼は筑前入国のとき二千石を与えられ、元和の末、大坂城の普請のとき村田出羽と名乗っていた兵助は、

「人並みの普請場を引き受けるより、ひとかど目立つところを仕とげてこそ、主君より公儀への忠功になるものぞ」

といい、周囲の反対を押し切って天守台の石垣積みの工事を奉行《ぶぎょう》して無事に勤めた。

村田出羽は、元和七年十月、五十七歳で病死した。

野口左助

野口左助一成は幼名を彦次郎、のちに藤九郎と改め、晩年左助と号した。

播州加古郡野口の生まれで、父の八右衛門は剃髪して浄金といい、如水の囲碁友だちであった。

ある日、如水から、貴殿の息子さんを、わしの家来にくれぬか、といったところ、

「わしは男の子一人しかないが、武勇を好むので、お役に立つことがあるかもしれませんから差し上げましょう」

と答えたので、如水は喜び、さっそく元服させて、名を藤九郎と改めた。

天正四年（一五七六）如水が播州佐用の城を攻めたとき、十九歳の藤九郎は大手口の脇で神吉小伝次という敵と鎗を合わせ、突き伏せて首を取り初陣の功名をあげた。

天正八年、秀吉の播州三木城攻めのとき、藤九郎は山の出先で騎馬武者と出会い、鎗をふるって相手を突き落として首を取り、腰にさした采配まで奪った。

それを知った敵百騎ばかりが追ってきたので、麻畑の中にかくれてやり過ごしたが、老武《おいむ》

者《しゃ》一騎、不審がって畑の中に入ってきたのも討ち取り、その馬もうばい、二つの首を馬の平頸《くび》につるして陣所へもどった。

如水は、采配までうばったのを賞し、本日の武功第一とたたえた。

天正十四年冬、豊前国障子岳城を攻めたとき、藤九郎一人ぬけがけして大手の木戸に詰めていたが、敵が出てこないので、しばらくして引き取ると、一城を鎗一本で押えたとの評判が立った。

如水と長政に、そのことをきかれた藤九郎は、

「一城を鎗一本で押えることなど、できましょうや。ただ一人城口に詰めかけ待っておったのに、敵が出てこなかっただけでござる」

と答えたので、長政父子は、その正直さに感心した。

天正十五年、長政が日向耳川で薩摩の兵と戦ったとき、藤九郎は水練《すいれん》の達者だったので、長政の馬の口を取って川を渡り、その後敵と鎗を合わせ二人を追い討ちにした。

翌年、長政が城井谷鎮房を殺害したとき、城井谷の家来七人を斬り伏せ、長政から賞として短刀をもらった。

その後、藤九郎は六百三十石の地をもらい、足軽三十人を預けられた。

朝鮮の役では、晋州城で、大男と組み打ちして倒し功名をあげた。

慶長五年八月、長政が合渡川を先陣で渡ったときも、藤九郎が馬の口を取り、関ヶ原合戦

でも真っ先に進み、家来の上原宇右衛門も功名をたてた。

筑前入国ののち、藤九郎は二千五百石の地を与えられ、鉄砲の大頭《おおがしら》となった。

藤九郎は石垣を築くことが上手だったので、福岡の城を築くとき、大切な所は、彼が奉行して完成させた。江戸城、大坂城の修造にも藤九郎が奉行して、将軍から時服《じふく》を与えられた。

忠之の時代になって、五百石を加増して、百人組として、強力者百人を選んで藤九郎の下につけられた。

寛永七年、藤九郎を左助と改め、福岡城南の丸の城番となった。

同十五年、島原の乱には、左助は忠之のそばにいたが、次男万右衛門は奮戦して討ち死に、その家来七人も戦死した。

寛永十九年、家禄《かろく》を孫左兵衛にゆずり、隠居して卜全と号し、同二十年八十五歳で病死した。

左助の妻は、毛利（母里）但馬の妹であった。

吉田壱岐

本姓は八代、幼名は六之助、のちに六郎太夫と改め、晩年壱岐と号し、剃髪して翠庵といった。

先祖代々、播磨の地士であった。

六之助は十七歳のとき、黒田職隆に仕え、職隆老いたのち如水に仕えた。

赤松一族の吉田某という者、人品良かったので、如水の命令で八代の姓を吉田に変えた。

六之助の母は、如水に乳を呑ませた乳母であった。

六之助は、一生の間、合戦、小攻合《こぜめあい》に参加すること五十七度、日本と朝鮮で取った首三十七、しかし傷は一カ所しかなかった。これは頰の先を鉄砲の玉がかすめたもの。

その子の又助は、天正十五年秀吉の九州征伐のとき、十六歳で初陣、日向の耳川で敵の首を取った。

豊前入国ののち、長政が城井谷を殺害したとき、又助は、早鐘をついて城下の将士を召集し、台所口に入りこむ敵を追い払い、二人ばかり討ち取った。長政は、わずか十七歳の又助の働きに感じて弓二十張《はり》を与え足軽頭とした。

朝鮮の役には六郎太夫、又助父子共に長政に従って渡海した。

船が初め朝鮮海岸に着いたとき、六郎太夫は足軽を引き連れて先に上陸、備えを固めて、味方を船から上がらせた。

このとき又助敵一人突き伏せ、六郎太夫も二人討ち取った。

朝鮮の平安川は、日本では見なれない大河で、河幅の広いところを、日本軍の諸家の士が、目測するが、いろいろの説があって一定しない。

長政は、何とかして相違なく測るように六郎太夫、又助父子に命じた。

二人は部下を連れて川辺に出て、対岸を見渡すと、敵三人川辺に出てこちらを見ている。

又助は思案して、小柳権七という長身の男に、あの川向こうの人だけの程に、お前が見える所まで、沼の土手の上を東へ行け。ここより見合い、敵と同じほどに見えるとき、赤い太鼓の指物《さしもの》を振るからお前はそこに立ち止まれ。敵が川ばたを立ち退《の》かざるうちに早く行くべしと命じた。

権七が走って行って、そのたけと敵のたけと同じほどに見えたとき、指物を振ると権七は止まった。

そこで、権七との間を目測して八町《ちょう》五段《たん》余と見て、長政に、かくかくの方法で目測して、こうなりましたと報告した。

長政は二十一歳の若さで、よく工夫したと又助をほめた。

右の方法で、川の広いところは十一町ばかり、その次は七、八町、狭いところは五町ばかりと測定した。

黒田家の陣所の前、水の深いところは八尋《ひろ》、九尋あった。

およそ朝鮮在陣の間、六郎太夫、又助の戦功、なお多いが、いちいち記すいとまがないほどであった。

そのときは、六郎太夫は足軽を預かっておったので、味方の陣場より十町も二十町も先へ、張り番として組の者を残し、自身も出かけて物見をし、不審な朝鮮人を射伏せ斬り殺したので、六郎太夫の手で討ち取った敵は、いくらとも数知れぬほどだった。

慶長五年、豊後の陣に、六郎太夫も供をした。富来の城で、足軽どもに命じ矢倉を焼き落とさせた。このとき左の頰先に銃丸当たり、上の歯ぐきに玉が止まった。これが一生に一度の疵《きず》であった。

この時又助、病《やま》いに臥せっていたが、少し快くなったので、あとより出陣、逃げおくれた敵の首一つ取った。

筑前入国後、六郎太夫を壱岐と改め、千五百石をたまわり、又助は七左衛門と改め、後に二千石をたまわった。

慶長七年長政の嫡子忠之、筑前福岡の城で誕生したとき、如水、長政より壱岐および竹森石見に命じて名をつけさせられた。

再三辞退したが、重ねて命じられたので、萬徳君とつけた。

慶長九年如水が死に、壱岐は法体《ほったい》となって水安と号したが、知行はそのまま隠居料としてたまわり、福岡城の南の丸において城代を仰せつかった。

元和元年、大坂の陣のとき、忠之は筑前の兵をひきいて上った。

このとき水安は、老年で隠居していたが、歩行なお壮であったので、忠之の供をして上るべしとの命により上り、やがて大坂落城したので、播州室の津より船で帰った。

元和元年九月、水安、病いを得て家に死んだ。行年七十七。長政は遺言により次男勘解由《かげゆ》長興へ五万石、三男東市正隆政へ四万石残していた。

七左衛門は本知《ほんち》二千石を四千石にして名を壱岐と改め東市正につけられた。

寛永十五年二月二十一日の夜、肥前原城に出陣、敵が夜討ちをかけてきたとき、東市正隆政の持口当番の諸士に、壱岐は命令を下し、敵を追い払い、一人突き伏せ、下人に首を持たせ、鎗を杖につき、ひと息ついたところへ、嫡子右馬太夫知年、敵二人を突き伏せ、その首二つを下人に持たせ、敵地より竹束《たけたば》の中へ帰り来るのを見て、うれしげにその首をさしのぞくところを、敵の放った銃丸右の腰に当たり倒れた。

原城が落ちたのち、筑前に帰り、手当てをしたが一ヵ月後の三月二十一日、六十八歳で死んだ。

三宅若狭

三宅若狭家義は、初め名を藤十郎といい、のちに如水がその武功を感じ、『孫子《そんし》』の不レ動如レ山《うごかざることやまのごとし》という語を取って、山太夫と改めさせ、晩年若狭と号した。

播州三宅の生まれである。父を次大夫といった。

藤十郎は如水のもとにくる前から武功があったので、如水は招き寄せて三百石の禄を与え、家臣とした。

如水が播州で、たびたび小ぜり合いをしたとき、そのたびに軍功があった。

佐用郡に赤松氏の末族で真島右馬助という者がいた。六万石の地を有《ゆう》し、一城の主であった。

如水は、これを攻め従えんと考え、攻め取るのに暇がかかるかと藤十郎にきくと、

「朝茶《あさちゃ》の子《こ》を食べるようなものでございます」

と答えたので、藤十郎を先手に命じて、難なく攻め取った。

それ以後、如水は、藤十郎にたわむれに、

「お前の朝茶の子は石飯《いしめし》じゃのう」

と、たびたび言っては笑った。

如水が豊前六郡拝領のとき、藤十郎に、その後のたびたびの戦功を賞して千五百石の禄を与えた。

長政が城井谷を攻めたとき、要害のよいところにたてこもっているので、謀略をもっていったん和解しようと考え、藤十郎を四たび城井谷へつかわし、やっと和談にこぎつけ、長政のもとへやってきたところを殺害した。

長政は、そのとき、

「そちの常々の軍功より、こんどの謀《はかりごと》は、多勢の敵の中へただ一人、四たびも赴《おもむ》き、一命をなげうったる志、感じてもなお余りあり」

といって秘蔵の刀を与えた。

朝鮮の陣にも、よく働いたので、帰陣したら厚く賞禄を与えようと思っていると、陣所を留守していた家来の不注意で、火事を出し陣所が丸焼けになった。

普通なら、陣所を焼いたら切腹ものだが、日ごろの武功と忠節に免じて一命を助け、恩賞はやらなかった。

慶長五年、豊後の陣のときも、すぐれて働いたので、如水は清光の刀を与えた。筑前入国後、三千六百石をもらい、遠賀若松の城で上方と豊前の防備に当たった。

そのうえ、若松の近所で一万石の代官を仰せつかった。

また船手《ふなて》の頭《かしら》となり、船頭舵子《かじこ》のこらず若松に集まったので、部下の人数は多かった。

若狭と号するようになってから、如水と長政の前に出て、

「かねがね武功をたてましたことも、後代《こうだい》に至っては証拠もなく、人も存じまいと思いますゆえ、御感状を下さればかたじけなく存じます」

というと、長政は笑って、

「そちには上方口《かみがたぐち》と豊前表《おもて》の押えのため、小倉の城に近い若松の城を預けてある。天正のころ、謙信の押えのため、信玄が高坂弾正を越後境に置いたのと同じ意味である。これに過ぎたる感状はないであろう。そちの軍功のことは、家中の諸士、かねがねよく知っておる。後代のものにもよく伝わるであろう」

といって感状は与えられなかった。

禄を厚く賜わった家臣でも、如水、長政の感状をもらった者はなかった。

若狭は、元和八年十月六日、若松城で死んだ。行年七十二。

黒田騒動（上）

いわゆるお家《いえ》騒動というのは、徳川時代に限っても島津、加賀、秋田、越前、越後、仙《せん》石《ごく》、伊達、生駒、檜山、宇都宮、阿波の各騒動と有名なものだけでも十以上あるが、黒田騒動はその中でも異例のものといえる。

長政が京都で五十六歳で病死したとき、長男の忠之は二十二歳であった。

元和九年（一六二三）長政が忠之をつれて秀忠将軍父子のお供をして京に上っている間に、病気となり次第に重態となったので、栗山大膳と小河内蔵允の二人の家老を枕辺に呼んで、遺言をし、八月四日に死んだ。享年《きょうねん》五十六。

栗山は家柄家老、小河は仕置家老である。

家柄家老は先祖代々の家老という意味だが、栗山大膳の場合は父の善助のときからの家老である。

善助は十五歳のとき、当時二十歳で、小寺官兵衛孝高といっていた長政の父如水につかえた。

家康が柳生石舟斎、宗矩父子から「無刀取り」の伝授をうけたとき、長政の命令で柳生の里に使者として乗馬で行く侍の名に栗山善助の名が出てくる。

如水が荒木村重のために、有岡城（伊丹）の地下牢獄に閉じこめられているとき、善助は、伊丹の金銀細工人銀屋新助を通じて、牢番を手なずけておき、有岡城の落城で火の手が上がるのを見るや、かねてから知っている忍び口から駈け入り、牢を破って主人如水を救出した。

永い牢舎生活に蚊やハエに攻められ、足が萎《な》えて動けなくなっているのを背負って、有馬温泉に連れて行って湯治させたので、ようやく歩けるようになった。

また、関ヶ原戦の前夜、石田三成が家康と共に東下した武将の妻女を人質にとろうとしたとき、母里太兵衛と相談して無事に脱出させた話は前に書いた。

ちなみに、母里太兵衛は福島正則と酒の飲みくらべをやって飲み勝ち、正則が秀吉からもらった名鎗「日本号」をせしめて持ち帰り、「黒田節」にも唄われた勇士である。

先に書いた栗山大膳利章は、右の栗山善助の長男で、長政が福岡城を築城中に生まれた長男忠之（萬徳丸）は、大膳より十二年下であった。

ところで、長政が二十二歳の息子忠之にのこした遺言の大要は、

一、忠之を家督とするから、自分に対するのと同じように、よく補佐してくれるように。

二、忠之は弟を可愛がれよ（忠之の次弟に妾腹の政冬、同腹の三男長興、四男高政があっ

た。この年十月、長興は秋月五万石、高政は鞍手郡東蓮寺で四万石を分与され、政冬は翌々年二十一で病死している）。

三、国政はすべて大膳、内蔵允、黒田一成の三家老で相談して行ない、重大なことは隠居している卜庵（善助）と道柏（井上周防）に告げて取り決めよ。

四、徳川家が天下取りになれたのは、ひとえに如水様と予の功績による。証拠として家康公の感状を渡しておく。万一の場合はこれをもって家の安泰を保つことができよう（ついでながら、家康の感状というのは左のようなものだ）。

今度、ご計略をもって、誰彼あまた（福島正則、小早川秀秋、毛利秀元、吉川広家らのこと）味方に属せられ、賊徒ことごとく一戦に突き崩され、敗北のこと、ひとえにご粉骨、お手柄ともに比類なく候。今天下平定の儀、まことにご忠節故と存じ候。ご領国の儀はお望みにまかすべく候。この儀子孫に至って忘却あるべからず。ご子孫に永く永く疎略の儀あるまじく候。よってくだん（件）の如し。なお井伊兵部《ひょうぶ》少輔申し入るべく候。

慶長五年九月十九日

家康（判）

黒田甲斐守殿

大膳、内蔵允、一成ら三人は、長政の死んだ翌年四月、連署して左のような起請文を忠之に差し出した。

一、三人は忠之様に対し毛頭《もうとう》逆意を抱かない。

二、たとえ親子兄弟であっても、忠之様の不ためになったり、家中の邪魔になる者があったら、えこひいきなく言上して処分する。

三、もし姦佞《かんねい》な人物が出て来て、ざん言によって三人を離間《りかん》するようなことがあったら、互いに包みかくしなく早々に相談して、理非を糺明して、心へだてないようにする。

四、長政公のご遺言によって、国政万事われら三人に仰せつけられたのであるから、三人は兄弟同然に心得よう。

五、三人のうちから悪逆の志ある者が出来た場合はいたし方ないが、ざん言によるものである場合は、三人がそろって忠之様に申しひらきする。

このうちの第二条は、倉八十太夫のことを指していた。十太夫は二百石で中津時代に召し抱えた倉八長四郎の子で、忠之の寵愛《ちょうあい》（男色であったらしい）をうけて、めきめきと出世し、九千石（実高《じつだか》は二万石）の家老格になり、なにごとも十太夫に相談して事を処するようになった。

これは、大膳、内蔵允、一成の三人に相談してせよ、という長政の遺言に違反しているではないか——というわけである。

大膳は、忠之が十太夫を偏愛しているため、国政が乱れていることを箇条書にしたためた。

一、みだりに好色のわざにふけり、能楽《のうがく》を好みすぎる。江戸からの帰途、兵庫でクグツ（身分いやしい遊女）を買ったりする。

二、婚姻は慎重にすべきことなのに、家中の者の婚姻を軽忽《けいこつ》に申しつける。

三、家中、一般にぜい沢になっている。太守様の食膳も結構に過ぎる。

四、賞罰がみだりである。（これには別註が入っていて、十太夫のことが二つ挙げてある。一つは、博多の町人に古筆の名画の屛風を持っている者がいた。十太夫がしきりに所望したが、くれなかった。怒って成敗した。もう一つは志摩郡に盗みを働いた者がいた。これは十太夫の知行所の百姓で、十太夫の妾の兄なので、罪をゆるされた）

五、毛利左近という士は、よく事情を調査もせず、知行を召し上げ浪人を仰せつけられた。

六、喜怒常ならず、お気に入りのように思われる者が、たちまち勘気をこうむる者が多い。

七、お鷹野《たかの》の制度がにわかにきびしくなり、鷹野にお出かけの節は、天下の街道まで通行を禁止される。暴悪あるまじきことである。

八、月の十七日は家康公の忌日である。またこの九月五日（寛永三年）には、秀忠公の御台所がなくなられた。家康公の忌日は天下の精進日《しょうじんび》であるうえに、忠之様の母君は家康公のご養女として当家へご入輿《にゅうよ》して参られたのである故、忠之様にとっては家康公は外祖父にあたられるわけである。また忠之様の奥方は秀忠公の養女として入輿してまいられたのであるから、秀忠公の御台所は忠之様の姑にあたられる。いずれの命日も最も大事に考え、ご精進あるべきに、鷹野に行かれた。不謹慎にもほどがある。

九、にわかな思い立ちで、時ならず田舎に出かけられる。民は大迷惑である。

十、月の二十日は如水様の忌日であるのに、これを無視して鷹野に行かれた。如水様や長政公の御霊屋《みたまや》まいりもなされなかった。

十一、家中一般の気風が刹那《せつな》的となり、長久の計がないようである。末長く栄ゆべき姿とは思われない。

十二、能楽の者共を迎える船は、時をうつさずつかわされるが、江戸や豊後（全九州の目付役、豊後府内の竹中氏）への使者は延引《えんいん》がちである。本末転倒である。

十三、以上のごとく忠之様ご自身が公儀を大事に思っておられないのだから、下々の者も法度を重んずるはずがない。かくては亡国は期して待つべきものがある。

十四、江戸への弔問の使者は、最初大膳をつかわすと仰せ出されたのに、一日のうちに変更されて森正左衛門ということになった。森がその用意をしていると、また変更になり月瀬右馬允をやることになった。月瀬があまりに急な命令に当惑していると、森正左衛門に逆もどりし、さらに坪田平右衛門にかわってやっと落ちついた。このようにご命令がふらふらと動揺するようでは、家中一統どうして安堵していられようか。

十五、一体にご生活がだらしなくなっている。江戸でも、また今年は将軍家のお供をして京に上られたが、その京でも、ご登城に遅刻したり、あるいは出仕の途中から気がかわって帰ってしまったり、また時刻もかまわず能役者のところへ行ってご馳走になったりされたとかで、世間の評判が悪いですぞ。

ざっと以上のようなものだ。

忠之は年若で、父の長政ゆずりの勇ましいことの大好きな性質である。

越後高田の松平忠輝や越前福井の松平忠直など、家康の子や孫が不行跡《ふぎょうせき》を理由に、所領を没収して追放されているというのに、亡国の強迫観念などはない。

差し出された諫書《かんしょ》を読んで、気を悪くしたことは、いうまでもない。

忠之は、もともと亡父長政にも、大膳にも好意を持っていなかった。

父は、子供のときから、忠之を嫌っていた。

非常におごり高ぶる性格なので、

「こういうことでは、太守になっても、黒田家を治めてゆくことはできまい。まず、部下の信頼を失うだろう」

と考え、一時期、相続人からはずすことを考え、大膳に、

「忠之を川に連れ出して、溺れ死にさせてくれまいか」

と、ひそかに相談したことがある。

「そのようなことは、人の道に反します」

大膳が猛烈に反対したので、そのままになったが、どうしたことか忠之の耳に入り、

「父上は、わしを亡き者にせんとした」

と子供ごころにも恨んでいた。その父長政が死ぬとき、

「大膳をこの父と思うて何でも言うことに従うように」

と遺言したが忠之には、それが逆効果となって、ことごとに大膳に逆らうようになった。

そんな大膳の諌書だからうけつけるはずがない。

大膳を憎いと思ったが、筆頭家老のことだし次席家老の黒田美作一成との連署の形になっているし、二人の元老の奥書《おくがき》もある。

いまいましいが、知らん顔して、頬っかむりで通すことにした。

そして、面《つら》当てに、ますます十太夫の身分を引き上げ、重用した。

大膳は、何もいわず黙っていた。

無気味な対立が二年つづいて、寛永五年になった。

この年、忠之は、参勤交代のため江戸へ出るという名目で、鳳凰丸《ほうおうまる》という大船を建造させた。また、十太夫の組下につけるために足軽三百人を召し抱えた。

このような軍備拡張に類することは、幕府の許可を得てすべきだのに、全然無届けだった。

大膳は、病気を理由に家老を辞任した。

とめたってきかないと考えた忠之は、即座にこれを聞き届け、大膳は福岡の屋敷を引き払って左右良《までら》の屋敷に帰った。

このことが幕府に聞こえ、大膳を江戸へ召し出して事情をきき、老中土井大炊頭と紀州藩付家老《つけがろう》安藤帯刀に言いふくめて、忠之に大膳の復職を勧告させた。

忠之は、やむを得ず大膳を復職させたが、家老の仕事は、あいかわらず十太夫にまかせっきりだ。

また二年たって、寛永八年八月十四日、大膳の父備後善助が八十一歳で死んだ。

すると忠之は、如水が備後に与えた合子《ごうす》の冑と唐革《からかわ》おどしの鎧を大膳に返還するように命じた。

大膳はおかしいと思いながらも、命令どおりすると、それを十太夫にやってしまった。

大膳は怒って十太夫の屋敷へ押しかけ、冑と鎧を取り返した。

このことについて、忠之も大膳も、一言も口をきかなかった。

その翌年——寛永九年正月二十四日大御所秀忠が死んだ。

忠之は葬儀に参列し、木丸の茶入れを遺品にもらい、三月十一日江戸を発ち、四月に帰国した。

博多の東郊箱崎に、家老が全部迎えに出ているのに、大膳の姿はない。

病気で臥せっているというのだが、調べさせてみると大した病気でないということがわかった。

この年四月、加藤清正の跡を継いだ忠広が、駿河大納言忠長（家光の弟）と共謀して、謀叛を企てているという評判が立ち、加藤家は取りつぶされる（老中土井大炊頭の謀略であった）ことに決まり、上使として老中稲葉丹後守正勝（春日局の子）が熊本へ行くことになり、五月下旬、黒田家領内の遠賀郡山鹿を通過することになった。

忠之は十太夫を正使、黒田市兵衛を副使に任命して、当時、飛ぶ鳥も落とす勢いの正勝の接待の使者とした。

十太夫は足軽二百人、徒士《かち》衆、鉄砲衆合わせて百五十人、市兵衛は上下わずかに三十八人という小人数を従えて旅館に伺候した。

ところが、稲葉正勝は、

「黒田の家中に倉八十太夫という名字《みようじ》は聞きもおよばぬ。黒田市兵衛は、筋目《すじめ》の者と聞いておる」

といって、市兵衛だけに会い、十太夫には会ってくれなかった。

ふだんから、十太夫のことを快く思っていない、福岡、博多の町民らは、多くの供揃いをして会ってもらえなかった十太夫をあざけって笑い話にした。

忠之は、十太夫の面目になれかしとしてやったことが、逆になったのを怒って、このことを評判する者は、手当たり次第斬って捨てろと命じた。方々で犠牲者が出た。

博多の網場町で二人の町人が立ち話しているのを、杉原平助という者が斬って、一人を殺し、一人が逃げた。

福岡の呉服町で三人で話し合っているのを、坂田加左衛門が一人を斬り、二人をとり逃がした。

唐人町で魚売り二人が話し合っているのを、浜田太左衛門が一人を殺し、一人をとり逃がした。

隣りの肥後領の加藤家が取りつぶしを言いわたされたのは六月一日のことで、噂は数日にして福岡に達し、人々はさわいだ。

忠之は、いろいろなことで興奮し、十三日、焚火の間《ま》に出て、黒田市兵衛と岡田善右衛門を召し出し、

「二人は、いますぐ大膳の家へ行け。口上は、〝このあいだから、その方の容態を問い合わせたるところ、歩行ができないというほどではない由、直接会って話さねばらちのあかぬ用があるゆえ、人に手を引かれてでも参るように〟と申せ」

と、みずから命じた。

二人は大膳の家へ急いだが、間もなく帰ってきて、

「委細《いさい》かしこまって早々にまかり出るべきでござるが、ごらんのとおり臥床《がしょう》しておる。精々治療に励み、歩行かなうようになれば、まかり出ます」

という大膳の返辞を伝えた。

忠之は納得せず、

「もう一度行けい。たとえ途中で目まいが起こっても、登城いたすよう。それでも登城が出来んというのなら、予のほうからその方の宅へまいると申し伝えろ」

眉をつり上げ、眼を血走らせている。

やがて二人が帰ってきて、この二、三日はことに容態が悪くて、どうしても出て行けない、少しでも歩けるようになれば、必ず登城いたします、という同じような返辞を伝えた。

「大膳の気色をどう見た？」

「寝ておりまして、顔色も悪く、少しやつれておるようでござりました」

「大膳の屋敷内は、警戒の様子はなかったか、その方が参ったとき、大膳の身辺には家来どもが何人ぐらいおったか。その者どもは、いかように応対したか。隠さず申せ」

二人は顔を見合わせて、すぐには答えない。忠之はさらに、

「市兵衛は当家の一族、善右衛門は長政公お取り立ての者である。それゆえ、この大切な使者に選んだのだ。偽らず、包み隠さず、申せ」

こうまでいわれると、真っ正直に言わずにはいられない。

「わたくしどもが、奥へ通りました節、家来ども二十人ばかり出て参りました。わたくしどもの前後左右を取り囲みました。その中に陣羽織をきておる者も、少しはおりました」

「武具などは少しも見えざったか」

「出してございましたが、わたくしどもが帰って参りますときには、納《しま》うように見えました」

忠之の逆上は、ここにおいて頂点に達した。

「おれは、これより大膳の屋敷へ押しかけて行く。みんな用意せい」

と叫んで、奥へ入った。

それからが、大さわぎだ。

侍たちは、それぞれ武具を家に取りにやる者があり、親類へ使いを走らす者もあり、たちまち噂が武家町から町人町にもひろがり、諸番頭《ばんがしら》や組の者や、若侍たちは、事が始まったら斬って入ろうと、大膳の屋敷の前につめかけた。

さわぎを聞きつけ、生き残った元老道柏と小河内蔵允が登城して、忠之の前にひれ伏し、

「ご自身押しかけなされようとは、あまりに軽々しきお振舞い、大《おお》公儀への聞こえもいかがと存じます。それはご無用になされませ。大膳はわれらうけたまわりまして、御意《ぎょい》次第に切腹なりと何なりといたさせます」

くりかえし諫《いさ》めたので、忠之も少し静まった。

そこで二人は次の間に出て、

「ご人数は、つかわされぬぞ。一人も参るな、静まれ静まれ」

と叫んで城中を鎮め、さらに大膳の屋敷の前に詰めている者たちを、黒田美作の屋敷とその向こう側の評定所へ引き揚げさせた。

そして二人が、大膳のところへ使いを出すと、大膳は、

「いかようとも、御意次第にいたすでござろう」

と返答した。

翌十四日、二人の要求に従って、大膳はすぐ剃髪《ていはつ》して、人質として妻と次男の吉次郎を差し出した。二人の人質は、如水の弟利高の子、黒田兵庫に預けられた。

黒田騒動（下）

その翌日の六月十五日、大膳の邸から飛脚態《てい》の男が出てきたのを、目付《めつけ》の者が見つけて、博多の辻の堂まで尾行して召し捕った。

ふところに、豊後府内城主、竹中釆女正《うねめのしょう》にあてた大膳の書状を持っていた。

竹中釆女正重次は竹中半兵衛の息子で、寛永六年冬以後は長崎奉行となり、全九州の目付として、九州探題《たんだい》的の地位にある人物だ。

目付らは、すわ一大事と色めき立ち、その手紙を忠之に差し出した。

読んでみると、おどろくべきことが書いてあった。

「先だって申し上げましたとおり、右衛門佐（忠之）が公儀に対して謀叛を思い立っておりますので、諫言いたしましたところ、不届きであると拙者を成敗しようとしております。拙者は公儀に対して厚く忠義を存じ奉って、訴人《そにん》申し上げる次第でございます」

という意味のことを書いてあった。

飛脚に問いただすと、

「昨日、人質を差し出したとき、同じように竹中釆女正さまに、飛脚が差し立てられました」

と答えた。

こうなると、忠之が勝手に大膳を成敗することはできない。加藤家がつい先月、つぶされたばかりなので、そんなことをすれば、かえって公儀の疑惑が深まるばかりになる。（実は、これが大膳の狙いで、二度目の飛脚は、わざと捕まるように仕組んでおいたのだ）

大膳が忠之について、無実を密告するという、思い切った手段に出たのは、

「肥後の加藤家が、あんなばかばかしいことで取りつぶされたように、幕府はすきあらば諸大名を取りつぶさんとねらっている。このままでは、おれも殺されるであろうし、黒田家もほろぼされるであろう」

忠之とのあいだのごたごたが、一昨日のような騒ぎに発展したので、深く思案した結果であった。

黒田家では、忠之以下家臣たちも、

「いくら、けわしい仲でも主従である。その主従も太守様と首席家老の仲である。たとえその事実があるにしても、いたしようもあろうものを、真っ赤な嘘を言って、あろうことか謀叛の企てがあるなどといいくさって、人非人め、学者面《づら》して何のための学問ぞ‼」

と、あきれ怒ったが、後の祭りである。

七月一日、竹中采女正が、福岡にやってきて、三日まで滞在し、井上道柏、小河内蔵允らと、いろいろ話し合って帰って行った。

四日午前四時ごろ、大膳は福岡を立ち退いた。

その行列は、一番に下々の者の荷物、二番に火縄に火をつけて玉ごめした鉄砲二十挺、三番に女共ばかり十人が騎馬、四番に女乗物五挺、五番に竹中采女正の人数が二十人ばかり、六番に大膳が乗物でつづき、周囲には侍五、六十人、いずれも棒をつき、そのほかに弓、鉄砲二百ばかり、鉄砲はいずれも玉ごめ、火をつけた火縄、鎗百本ばかりで取り巻き、七番に金銀道具をつけた馬二十四、そのあとにまた火をつけた火縄銃二十挺というものものしさ。

この中には、大膳の老母や長男の大吉利周も加わっていた。

月がかわって八月二十五日、徳川家の使者がきて、忠之に参府せよとの命令を伝えた。

忠之は黒田美作一成、小河内蔵允を従えて出発し、急ぎに急ぎ、箱根の山中宿までくると飛脚に逢い、あまり急ぐにおよばぬとの書状を伝えた。

それから、普通の道中をとり、江戸の近くまでくると、忠之をひとまず品川の東海寺に留めおく幕府の意向で、旗本たちや鉄砲組が待ちかまえているという情報が入った。

「しょせん、破滅の身となるにせよ、囚われ同然の身となるのはいやじゃ。果てるなら本邸で果てたい」

という忠之の意向で、忠之を乗り掛けの駄馬《だば》に乗せ、ほんの数人が供をして、素鎗一本持たせ、神奈川宿を夜中に立ち、品川を通りぬけて、桜田の上屋敷《かみ》に入った。

あとで、それを知った幕府は呆然となった。

桜田の屋敷に、尾州《びしゅう》家の付家老成瀬隼人正《はやとのしょう》正虎、紀州家の付家老安藤帯刀直次と滝川豊前守がやってきた。いずれも、亡き長政とじっこんの者ばかりだ。いやがる忠之を強引に渋谷の長谷寺へ連れて行った。

この噂をきいた福岡城では、立ち去る者は一人もなく、全員、籠城戦を決意した。

江戸へこのことが聞こえたのか、十一月十八日、忠之は西の丸へ出頭を命ぜられ、

「その方、家中の紛擾《ふんじょう》において、兵を動かそうとした由、近国の加藤家の滅亡を眼前に見ながら、何たる不心得であるか、由々《ゆゆ》しき落度である。追ってせんさくするであろう」

と大目付からきびしく言われた。忠之は、

「ご上意の趣きは、よくわかり申した。なれど拙者が家人《けにん》栗山に閉門を申しつけたのは六月十三日でございますが、六月十六日に加藤家のことをききましたので、早速、怒りをおさえ、竹中采女正方へ使いを立てて仲裁してもらい、栗山を豊後に立ち退かせることにいたしました。家来の不臣《ふしん》をこらしめることができず、かかるゆるやかな扱いにすること無念ではありましたが、公儀への忠節にはかえがたきため、かくいたしました」

と答えた。

これをきいた老中も家光将軍も、みな感心した（井伊直孝から石谷将監がきいた話）。

年が明けて、寛永十年正月、大膳が竹中采女正に連れられて江戸へ出てきた。

二月上旬、西の丸へ呼び出された忠之は、ことの次第では、大膳と対決させるといわれ、

「それは、近ごろお情けなき仰せでござる。いかにあろうとも、家人と対決するような不面目なことは、男として忍びざることでござる。もし、さような羽目となりましたら、筑前国を差し上げ、切腹いたすよりほかござらぬ」

慨然《がいぜん》たる様子で答えたので、老中たちも、

「もっともな申し条である。それでは、それは取り消すゆえ、答えるよう」

ということで、まず、大膳の訴状の第一条にある、駿河大納言忠長との謀叛の陰謀について尋ねられた。

加藤清正の子忠広も、この疑いをかけられて加藤家をつぶしているのである。

忠之は答えた。

「黒田の家が、如水以来御公儀にたいし奉り、誠心をつくしてご奉公いたしておることは、上《かみ》にもご存じのことでござりましょう。拙者は、駿河大納言様は将軍家のおん弟君でおわしますれば、何か天下に事がある節には、将軍家のご名代《みょうだい》として行き向かわれること必定なれば、その節は黒田家代々の先例によって、ご先陣をつとめんものと、常にかたく思いつめておりました。されば、先年大納言さまがまだ駿河ご在城のとき、拙者帰国の途次、ごきげん奉伺《ほうし》にまいりましたところ、いろいろとごねんごろなお言葉を賜わりまして、予が一身に

何か一大事のおこった際は、そなたを格別に頼みに思うぞ、とお口ずから仰せられました。拙者は、これは万一謀叛人などが出て、将軍家には力およばず、せめておん弟君なる大納言様を危ぶめ申そうとすることがあるかも知れぬと存ぜられて、かようなお言葉があるのであろうと心得、拙者ごときものを、士《さむらい》らしく思し召しての仰せ、かたじけなく存じ奉るとご返答申して退りました。かくのごとく、武士の誇りと存じつめておりましたので、その後このことを家来共にも、心得のためにおりおり申し聞かせました。拙者はこれを将軍家へのご奉公となると思いこんでおったのでござります。かえって、かくご不審をこうむりますこと、武士の冥加も、今はこれまでかと、残念至極に存じます」

忠長から甘い言葉をかけられたことはあるが、将軍家に万一のことがあれば、協力せよ——という意味に解釈しておった、という回答である。

老中たちも感心したし、井伊直孝など、

「さすが長政の子息だけある。もしこんどのことで国を召し上げられるようなことがあっては、惜しい大名を無くする」

と、ひどく同情的なことを言った。

大膳も間接に忠之のことばをきいて、

「よくぞ、仰せられた」

と涙をこぼし、ホッと安心した。

最初から、黒田家をつぶす気などない大膳である。

大膳は、三月十一日、土井大炊頭邸へ竹中采女正に付き添われて、黒田美作一成、倉八十太夫、黒田監物らと対決させられた。

幕府側は大目付柳生宗矩以下老中たちが、ずらりと詰めている。

大膳は十太夫らの質問には、当たらずさわらずの返事ばかりしていたが、元老の井上道柏が、

「そなたは、わが命惜しさに、無実なことをもって、譜代の主人を訴人して、人非人じゃ。そなたの父備後とは、わしは幼少からの友じゃ。備後は命惜しさのため虚言《きょごん》など申す男ではなかった。そなたは親に生まれおとっておるぞ」

と言うと、大膳は初めて、

「貴殿は隠居ゆえ、近年のことはお知りでないはず。忠之様の謀叛の思い立ち、われらに毒を飼《か》おうとなされたこと、みな事実でござるぞ」

と訴状に書いてあることを認めた。

その翌日、大膳一人が井伊家へ呼ばれた。

主人井伊直孝は、このころはまだなかった大老に相当する老中の上席に位置する元老格であった。

その直孝を上座にすえて、大目付柳生但馬守宗矩が、老中列座の前で改めて尋ねた。

「その方が右衛門佐（忠之）を諌めた段は、上《かみ》にも道理と思し召されているが、謀叛と訴えたは偽りと判定する。何故に無根のことを申し立てたか」

大膳は、昨日とまるで人が変わったような素直さで答えた。

「これは全く拙者の計略でございました。謀叛と申し上げますれば、右衛門佐は拙者を殺すことが出来ませぬ。一命を惜しむわけではございませぬが、犬死にはしたくござらぬ。拙者が殺されたあと、右衛門佐の悪政つのり、ついにお咎《とが》めにて国亡びては残念と存じまして、工夫いたしたのでございます」

「しからば、裁判のはじめに、なぜ委細《いさい》のことを申し上げなかったか。昨日まで偽りを言い通したはいかなる子細であるか」

「ここまでいたさねば効はないのでござる。生《なま》はんじゃくなことでは、右衛門佐さまでの苦労もなく勝公事《かちくじ》となって帰国するゆえ、心は改まらず、帰国後は拙者に切腹申しつけるでござろう。昨日対決にまかり出た者共は、これまで右衛門佐に一言の諌めもいたさぬ不忠の者共でございます。それらが無事で、忠義を存じておる拙者が殺されること、犬死にと思いました故、昨日まで言い張ったのでございます」

大膳の答えに、直孝と宗矩は意味ありげにうなずき合った。

大膳が忠之との対決を避けた意味も了解できたというわけである。

三月十六日、忠之は西ノ丸の酒井雅楽頭《うたのかみ》の屋敷へ出頭を命ぜられた。

美作も監物も内蔵允も出頭せよとのことであったので忠之のお供をして行った。

申し渡しは、こうであった。

「かねがね仕置（政治）よろしからず、あまつさえ、このたび君臣遺却《いきやく》におよんだ段、重々無調法至極につき、領地召し上げられる。さりながら、筑前国を新規に下さる。以後、諸事念を入れて仕置いたすよう」

結局、領主忠之には、何のお咎めもなかったわけである。寛永十四年の島原の乱には、忠之は有馬豊氏、立花宗茂らとともに出陣、鎮定に一役かっている。

大膳の苦肉の策が成功して、黒田家は加藤家のようなお取りつぶしをまぬかれたのである。

大膳の父善助が、黒田如水を有岡城の獄中から救い出したように、如水の孫の忠之は善助の子に救われたわけである。

また、大膳のいうがままに、忠之の救済に竹中采女が、かげになり日向《ひなた》になり動いたことは、忠之の父長政が信長の人質になっていて首を斬られるところを、采女の父竹中半兵衛によって救われたことを考えると、因果《いんが》はめぐるという感が深い。

この日、大膳はまた井伊家に呼ばれて、井伊、松平伊豆の老中列席のうえ、大目付柳生宗矩から、

「右衛門佐事、かねがね仕置方よろしからざること、無調法至極に思し召され、領地召し上

げられたが、代々忠節なる家柄なることを思し召され新たに本国を下さる。大膳儀は南部山城守へお預けなされ、百五十人扶持下さる。但し居所三里以内の徘徊《はいかい》苦しからず」

と言い渡された。

倉八十太夫は一応放逐と決まって高野山へ入った。

事件当時から、すでに藩外では大膳の同情者が現われた。黒田藩内では逆臣扱いされたのと大きな相違である。

久留米の有馬家では、大膳の主立った家臣九人をごっそり召し抱え、黒田家からの厳重な抗議をにべなくはねつけている。

封建社会を動かすものは、厳重な秩序を持った伝統的な機構でなくてはならない。

しかし血のめぐりの悪い専制政治の中心には、いつも出頭人《しゅっとうにん》というものが浮かび上がってくる。これが側近といわれる存在で、多くは程度の差こそあれ、成り上がり者であり、いつのまにか主導権をにぎって主君を操縦するのだから、忠臣にとっては、がまんのならない存在で、これを征伐したいのだが、殿様が丸めこまれているのだから始末が悪い。

たまたま大膳は、才能があって自信があり、生まれながら屈辱に甘んじ得ない自尊心を持ちつづけていた人物だから、蛮勇《ばんゆう》をふるって禍根《かこん》を絶とうと考えたのである。

裁判の結果を見通して読みの深い大芝居を打ち、主家を安泰ならしめたのだ、とする説と、そこまで考えるのは甘いとする説がある。

もし後者が本当だとすると、大膳という人物、最初から命を捨ててかかった勇気ある殉《じゅん》忠《ちゅう》の士だという評価も出る。

いずれにしても、黒田騒動の悪玉《あくだま》だという説は、後日の講談師のつくりごとであろう。

しかし大膳が、命をかけて守った、如水―長政―忠之の血筋も五代目の宣政で絶え、あとは他家からの養子になった。

黒田郷

昭和十九年発行の「近江国坂田郡志第二巻」に次のような興味深い記述がある。

「黒田氏の本拠は本郡黒田郷にして、今の東黒田村大字《おおあざ》本郷、堂谷、大鹿、志賀谷、北方、山室（現代はいずれも坂田郡山東町の西部地区）はこれに当たる。むかしは黒田六郷と称し、本郷はその在邸の地なり。この地の伝説には、今より二、三百年の昔、福岡の黒田家より名字の地なりとて、その由緒を取調べるために、藩士を遣《つかわ》したることあり。そのときの庄屋、名を岡野五右衛門といい旧黒田氏の家臣の後裔《こうえい》なりしが、朴直《ぼくちょく》なる性質とて、事のかかり合いにならんことを恐れ、さわらぬ神に祟《たたり》なしとして、何事も知らずと答え、それは伊香郡の黒田なるべしとて、ついに彼の地に向けて去らしめしという。これけだし、寛文、延宝のころ、黒田家譜編さんの当時のことなるべし。その結果、八冊本黒田家譜巻一には〝佐々木源三秀義が嫡子左衛門尉定綱五代の孫左衛門尉宗清、伊香郡黒田村に住みて黒田を氏とせしより出でたりと〟また十五冊本黒田家譜首巻、源姓黒田氏系譜、宗清の下に註して曰く〝宗清一名宗満、住二于江州伊香郡黒田邑一是黒田氏之元祖也〟との家譜が出来上がりたるなり。その編者はすなわち貝原益軒なりとす。かくてこのこと、一般に定説の如くなりて、広く世に流布《るふ》せられしかば、従いて里人も村（伊香郡黒田村）の中ほどにある構と称する邸跡を筑前屋敷などと称する者すらあるにいたれり。これは、妙心寺の政所のありし跡なり。東黒田村大字本郷の小字《こあざ》荒尾に鎮座する荒尾神社は、黒田宗満を祀れり。この本郷より黒田氏去りし後は、その姻族たる荒尾氏その祭祀を継ぐ。よりて今の社号を称するなりという。以上述べきたりしところによって、黒田氏の本拠は、伊香郡の黒田にはあらずして、坂田郡黒田郷なることは、もはや動かざるところなりとす」

　これが本当なら、当時の庄屋の岡野五右衛門さん、かかわり合いになるのを恐れたとはいえ、罪なことをしたものだ。

　ちなみに昭和二十七年発行の「近江伊香郡志上巻」には、この件について、次のように記述している。

「黒田如水は通説に従えば黒田職隆の子にして、姫路の城主たり。黒田侯爵家の初世伝に従えば、黒田氏は宇多源氏にして、佐々木の庶流、左衛門尉宗満に出《い》で、近江国伊香郡黒田村に住《じゅう》せしより、始めて黒田氏を称し、裔孫職隆のとき小寺を称し、孝高（如水）に至りて黒田に復帰すといえり。郡民の信ずるところに従えば、黒田孝高の出祥地を本郡黒田村なりといえり。按ずるに徳川幕府が諸侯の家系を調査するにあたり、黒田家の出祥地を伊香郡黒田村なりとなせるを、孝高の出祥地を黒田村なりと誤伝せるにあらざるか。（黒田村は現在

木之本町黒田のこと）

黒田職隆は夙《つと》に織田信長に款《かん》を通じ、以来その幕下《ばつか》に属す。天正五年中国の役《えき》起るにおよび、孝高は羽柴秀吉に従いて出征し、以来、常に秀吉の帷幄《いあく》に参じて謀議に参与し大いに秀吉の信任を得たり。やがて信長の弑《しい》せらるるや、孝高秀吉に従い各地に転戦して功あり、江北賤ケ岳の役秀吉の麾下《きか》に属し本郡の山河を馳駆したりき。

伊香郡木之本町大字黒田字里ノ内に黒田氏の邸跡といえるがあり、方《ほう》一町ばかりにして四方に小川をめぐらし、石垣を築き、巨巌磊々一見して豪族の遺址たるを覚ゆ。伝説によれば黒田氏の祖、宗満の屋敷址なりという。

宗満地の利によりて河川を通じ道路を開き、方二町余の城塁を築きて一族これに居る。応仁以降、群雄四方に蜂起し、騒乱あいつぎほとんど寧日《ねいじつ》なく、領主こもごも至る。収租《しゅうそ》労役誅求《ちゅうきゅう》苛酷をきわめ田園ために荒廃し、庶民四散す。このときに当たり黒田氏独りよく土民を愛撫し、仁政を施し荒蕪《こうぶ》を治め、社寺の頽廃せるを復興す。部民悦服し郷土大いに繁栄せり。宗満の父頼定、次子宗頼、播磨国多可郡に拠り子孫互いに往来す。

宗満の子宗信父の跡を継ぎ出羽守と称す。高教、高宗、重宗、高政等の子孫相継ぐ。高政は右近大夫として京都に仕う。高政の子重隆器局あり、従五位下に叙し下野守に任ず。天文二年後奈良天皇の朝、重隆一族郎党をひきいて播磨国多可郡黒田庄の城に遷り住す、その末重広なお黒田城に残り留りしが、永禄五年遠江国小笠原郡平田村に拠り、高天神城に戦いて破らる。黒田城これより廃墟となる。重隆の播州に転ずるや、その子治隆、石原掃部助《かもんのすけ》、赤井五郎等と戦いて死す。

よって次子職隆嗣ぐ」

こうして、黒田家の発祥の地は、現在の坂田郡山東町か、伊香郡木之本町かと二説に分かれるところだが、大きな眼からみれば、両者の間は直線距離で二二キロしか離れておらず、「湖北」という二字でくくれば、大した違いはなさそうだ。

もっとも、現在の黒田家では、木之本町の黒田のほうを祖先の地として、墓参などに帰ってくるそうだ。

この物語の筆者としても、黒田長政の先祖の地が、どちらであろうと、あまりこだわりはしないが、いずれにしても、先祖が近江の出身であるという点については、大きな関心を抱かざるを得ない。

ちなみに、司馬遼太郎氏は「播磨灘物語」の冒頭に、伊香郡木之本町の「黒田村」の訪問記を詳細に書いておられるが、その一節に次のような個所がある。長文にわたるが引用させていただく。

「黒田村の中心的な字へ行くと、正覚寺という浄土宗の寺がある。寺は余呉湖からひいてきた溝川をめぐらし、石垣をつみあげ、建物も品がいい。この寺のそばに小さな児童公園があり、子供があまり遊ばないのか、一面によもぎなどがはえている。村の伝承では、この公園がむかしの黒田の屋形あとだという。

公園の奥に、『黒田氏旧縁之地』と彫られた自然石があり、その碑銘の横に、正《しよう》二位勲《くん》一等侯爵黒田長成、と小さく彫られている。

その碑をながめていると、そばで孫を遊ばせていた六十前後の村人が、『碑の裏に小さな墓石があります』と、ひくい声で教えてくれた。裏へまわると、高さ四十センチほどの小さな墓石らしいものが置かれていた。風化がひどく碑銘がすぐには判読できなかったが、やがて『源宗清』という文字が読めた。

この名前は、土地の伝説に遺《のこ》っていて、『輿地誌略《よちしりやく》』にも書かれている。鎌倉の北条氏の没落のときに佐々木氏の一族黒田判官という者が、この地にのがれてきて、黒田村の穂先谷に住んだという。その後、正規の地頭《じとう》になったわけではなく、富をなして穂先谷の長者《ちようじや》とよばれるようになった。それが黒田官兵衛の祖であるという。しかし実否《じつぴ》のほどはわからない。

この『源宗清』の墓石は他の所にあったのだが、私が来た月の十一日に、いまの黒田家のひとがここへやってきて、この碑の裏に移したのだという」

筆者も伊香郡木之本町を訪れて、賤ケ岳の山塊を目の前に眺めることができる、前記の正覚寺に参り、黒田家の顕彰碑の前に立ち、その裏にある「源宗清」の墓石を確認した。

【参考文献】

「黒田家譜」

「列藩騒動録」　海音寺潮五郎著

「慶長武士」　倉田桃郎著

（文庫本）『黒田長政』一九八九年一〇月二〇日、光文社文庫

人物文庫

黒《くろ》田《だ》長政《ながまさ》

二〇一二年八月二〇日［初版発行］

著者――徳永真一郎《とくながしんいちろう》

発行者――佐久間重嘉

発行所――株式会社学陽書房

東京都千代田区飯田橋一-九-三　〒一〇二-〇〇七二

〈営業部〉電話＝〇三-三二六一-一一一一

FAX＝〇三-五二一一-三三〇〇

〈編集部〉電話＝〇三-三二六一-一一一二

振替＝〇〇一七〇-四-八四二四〇

フォーマットデザイン――川畑博昭

印刷所――東光整版印刷株式会社

製本所――錦明印刷株式会社

ISBN978-4-313-75280-1 C0193